SUITE

DU

VOYAGE

DE L'AMERIQUE

OU DIALOGUES

DE MONSIEUR

LE BARON DE LAHONTAN

ET D'UN

SAUVAGE,

DE L'AMERIQUE.

Contenant une defcription exacte des mœurs
& des coûtumes de ces Peuples Sauvages.

Avec les Voiages du même en Portugal & en Dane-
mark, dans lefquels on trouve des particularitez
très curieufes, & qu'on n'avoit point encore re-
marquées.

Le tout enrichi de Cartes & de Figures.

A AMSTERDAM,
Chez la Veuve de BOETEMAN.

M. DCC. XXVIII.

PRÉFACE.

JE m'étois tellement flâté de r'entrer dans la grace du Roi de France , avant la déclaration de cette Guerre , que bien loin de penser à l'impreſſion de ces Lettres & de ces Mémoires, je comptois de les jetter au feu , ſi ce Monarque m'eût fait l'honneur de redonner mes Emplois ſous le bon plaiſir de Meſſieurs de *Pontchartrain* pere & fils. C'eſt cette raiſon qui m'a fait négliger de les mettre dans l'état où je ſouhaiterois qu'ils fuſſent , pour plaire au Lecteur qui ſe donnera la peine de les lire. Je paſſai à l'âge de quinze à ſeize ans en *Ca-nada* , d'où j'eus le ſoin d'entretenir toûjours un commerce de Lettres avec un vieux Parent, qui avoit exi-gé de moi des nouvelles de ce Païs.

A 2

PRE'FACE.

là , en vertu des affiftances qu'il me donnoit annuellement. Ce font ces mêmes Lettres dont ce Livre eft compofé. Elles contiennent tout ce qui s'eft paffé dans ce Païs-là entre les Anglois, les François les *Iroquois*, & autres Peuples , depuis l'année 1683. jufqu'en 1694. avec quantité de chofes affez curieufes, pour les gens qui connoiffent les Colonies des Anglois, ou des François. Le tout eft écrit avec beaucoup de fidélité. Car enfin , je dis les chofes comme elles font. Je n'ai flâté, ni épargné-là perfonne. Je donne aux *Iroquois* la gloire qu'ils ont aquife en diverfes occafions , quoi-que je haïffe ces coquins-là plus que les cornes & les procez. J'atribuë en même-tems aux gens d'Eglife , (malgré la vénération que j'ai pour eux) tous les maux que les *Iroquois* ont fait aux Colonies Françoifes , pendant une guerre , qu'on n'auroit jamais entrepris fans

---

* Apellés MAHAK par les Anglois de la Nouvelle York.

PRE'FACE.

le conseil de ces pieux Ecclésiastiques.

Après cela, j'avertis le Lecteur
que les François ne connoissant les
Villes de la *Nouvelle York*, que sous
leur ancien nom, j'ai été obligé de
me conformer à cela, tant dans ma
Rélation, que dans mes Cartes. Ils
apellent *NIEV-YORK* tout le
Païs contenu depuis la source de sa
Riviere jusqu'à son emboûchure,
c'est-à-dire, jusqu'à l'Ifle où est située la Ville de *Manathe* (ainsi a-
pellée du tems des Hollandois) &
qui est à present apellée des Anglois
Nieu-York : Les François apellent
aussi *Orange* la Plantation d'*Albanie*
qui est vers le haut de la Riviere.
Outre ceci le Lecteur est prié de
ne pas trouver mauvais que les pen-
sées des Sauvages soient habillées à
l'Européanne ; c'est la faute du Parent à qui j'écrivois, car ce bon
homme aiant tourné en ridicule
la * Harangue métaphorique de la

* *Lettre.*

A 3

PRE'FACE.

Grand Gala, il me pria de ne plus traduire à la Lettre un langage si rempli de fictions & d'hiperboles sauvages ; c'est ce qui fait que tous les raisonnemens de ces Peuples paroîtront ici selon la diction & le stile des Européans ; car aiant obéï à mon Parent, je me suis contenté de garder les copies de ce que je lui écrivois, pendant que j'étois dans le Païs de ces Philosophes nuds. Il est bon d'avertir le Lecteur, en passant, que les gens qui connoissent mes détauts, rendent aussi peu de justice à ces Peuples qu'à moi, lorsqu'ils disent que je suis un Sauvage & que c'est ce qui m'oblige de parler si favorablement de mes confréres. Ces Observateurs me font beaucoup d'honneur, dés qu'ils n'expliquent pas que je suis directement ce que l'idée des Européans attache au mot de *Sauvage*. Car en disant simplement que je suis ce que les Sauvages sont, ils me donnent, sans y penser, le caractére du plus

PREFACE.

honnête homme du monde ; puisqu'enfin c'est un fait incontestable,
que les Nations qui n'ont point été
corrompuës par le voisinage des Européans , n'ont ni *tien* ni *mien* , ni
Loix , ni Juges , ni Prêtre ; Personne
n'en doute , puisque tous les Voiageurs qui connoissent ce Païs-là ,
font foi de cette vérité. Tant de
gens de diférentes profession l'ont si
bien assuré qu'il n'est plus permis
d'en douter. Or si cela est , on ne
doit faire aucune difficulté de croire que ces Peuples soient si sages &
si raisonnables. Il me semble qu'il
faut être aveugle pour ne pas voir
que la propriété des biens , je ne dis
pas celle des femmes , est la seule
source de tous les désordres qui
troublent la Societé des Européans ;
il est facile de juger sur ce pied-là
que je ne prête en aucune maniere
le bon esprit & la sagesse , qu'on remarque dans les paroles & dans les
actions de ces pauvres Amériquains.
Si tout le monde étoit aussi bien

A 4

PRE'FACE.

fourni de Livre de voiages que le
Doctor * *Sloane*, on trouveroit dans
plus de cent Rélations de Canada
une infinité de raisonnemens Sauvages, incomparablement plus forts
que ceux dont il est parlé dans mes
Mémoires. Au reste, les personnes
qui douteront de l'instinct & du talent des Castors, n'ont qu'à voir la
grande Carte de l'Amérique du
Sr. de Fer, gravée à Paris en 1698.
ils y trouveront des choses surpre-
nantes touchant ces animaux. On
m'écrit de *Paris*, que Messieurs de
Pontchartrain cherchent les moiens
de se venger de l'outrage qu'ils disent que je leur ai fait, en publiant
dans mon Livre quelques bagatelles
que j'aurois dû taire. On m'avertit
aussi que j'ai tout lieu de craindre
le ressentiment de plusieurs Ecclésiastiques, qui prétendent que j'ai
insulté Dieu, en insultant leur conduite. Mais comme je me suis attendu à la fureur des uns & des au-

* *Docteur en Médecine à Londres.*

tres, lorfque j'ai fait imprimer ce
livre ; j'ai eu tout le loifir de m'ar-
mer de pied en cap, pour leur faire
tête. Ce qui me confole, c'eft que
je n'ai rien écrit que je ne puiffe
prouver autentiquement; outre que
je n'ai pû moins dire à leur égard
que ce que j'ai dit. Car fi j'euffe voulu m'écarter tant foit peu de ma
narration, j'aurois fait des digref-
fions où la conduite des uns & des
autres auroit femblé porter préju-
dice au repos & au bien public. J'aurois eu affez de raifon pour faire ce
coup-là : mais comme j'écrivois à un
vieux Cagot de Parent, qui ne fe
nourriffoit que de dévotion, & qui
craignoit les malignes influences de
la Cour, il m'exhortoit inceffamment
à ne lui rien écrire, qui pût choquer les gens d'Eglife & les gens
du Roi, de crainte que mes lettres
ne fuffent interceptées : quoiqu'il en
foit, on m'avertit encore de *Paris*
qu'on employe des Pédans pour écrire contre moi, & qu'ainfi il faut

PREFACE.

que je me prépare à effuyer une
grêle d'injures qu'on va faire pleu-
voir fur moy, dans quelques jours ;
mais n'importe, je fuis affez bon
forcier pour repouffer l'orage du côté de *Paris*. Je me mocque, je fe-
ray la guerre à coups de plume, puifque je ne la puis faire à coups d'é-
pée. Ceci foit dit en paffant, dans
cette Préface au Lecteur, que le Ciel
daigne combler de profpéritez, en
le préfervant d'aucune difcuffion
d'affaire avec la plûpart des Miniftres
d'Etat ou de l'Evangile ; car ils auront toûjours raifon, quelque tort
qu'ils ayent, jufqu'à ce que l'Anar-
chie foit introduite chez nous, comme chez les Amériquains, dont le
moindre s'eftime beaucoup plus
qu'un Chancelier de France. Ces
peuples font heureux d'être à l'a-
bri des chicanes de ces Miniftres ,
qui font toûjours maîtres par tout.
J'envie le fort d'un pauvre Sauvage, *qui leges & Sceptra terit*, &
je fouhaiterois pouvoir paffer le

PREFACE.

reſte de ma vie dans ſa Cabane ,
afin de n'être plus expoſé à fléchir le genou devant des gens, qui
ſacrifient le bien pub i. à leur intérêt particulier, & qui ſont n z pour
faire enrager les honnêtes gens. Les
deux Miniſtres d'Etat à qui j'ay affaire, ont été ſollicitez en vain par
Madame la Ducheſſe *du Lude*, par
Mr. le Cardinal de *Boüillon*, par
Mr. le Comte de *Guiſcar*, par Mr. de
Quiros, & par Mr. le Comte *d' Avaux*,
rien n'a pû les fléchir, quoique mon
affaire ne conſiſte qu'à n'avoir pas
ſouffert les affronts d'un Gouverneur
qu'ils protégent, pendant que cent
autres Officiers, qui ont eu des affaires mille fois plus criminelles que
la mienne, en ont été quittes pour
trois mois d'abſence. Quoiqu'il en
ſoit, je trouve dans mes malheurs la
conſolation de joüir en Angleterre
d'une eſpéce de liberté, dont on ne
joüit pas ailleurs ; car on peut dire
que c'eſt l'unique Païs de tous ceux
qui ſont habitez par des peuples ci-

A 6

PREFACE.

vilifez, où cette liberté paroît plus parfaite. Je n'en excepte pas même celle du cœur ; étant convaincu que les Anglois la confervent fort précieufement; tant il eft vrai que toute forte d'efclavage eft en horreur à ces Peuples, lefquels témoignent leur fageffe par les précautions qu'ils prennent pour s'empêcher de tomber dans une fervitude fatale.

AVIS
DE L'AUTEUR
AU LECTEUR.

DE'S que plufieurs Anglois d'un mérite distingué, à qui la Langue Françoise est aussi familiére que la leur, & divers autres de mes Amis, eurent vû mes Lettres & Mémoires de Canada, ils me témoignérent qu'ils auroient souha·té une plus ample Relation des mœurs & coûtumes des Peuples, ausquels nous avons donné le nom de Sauvages, c'est ce qui m'obligea de faire profiter le Public de ces divers Entretiens, que j'ai eû dans ce Païs-là avec un certain Huron, à qui les François ont donné le nom de Rat : Je me faisois une aplication agréable, lorsque j'étois au Village de cet Amériquain, de receüillir avec foin tous fes raisonnemens. Je ne fus pas plûtôt de retour de mon Voiage des Lacs de Canada, que je fis voir mon Manuscrit à Mr. le Comte de Frontenac, qui fut si ravi de le lire, qu'ensuite il se donna la peine de m'aider à mettre ces Dialogues dans l'état où ils font. Car ce n'étoit auparavant que des Entretiens interrompus, sans suite & sans liaison. C'est à la follicitation de ces Gentilshommes Anglois, & autres de mes Amis, que j'ai fait part au Public de bien des Curiofitez qui n'ont jamais été écrites auparavant, touchant ces Peuples fauvages. J'ai auffi crû qu'il n'auroit pas defagréable que j'y ajoûtaffe des Rélations affez curieufes de deux Voiages que j'ai faits, l'un en Portugal, où je me fauvai de Terre-Neuve, & l'autre en Danemarc. On y trouvera la defcription de Lifbonne, de Copenhague, & de la Capitale du Roiaume d'Arragon, me réfervant à faire imprimer d'autres Voiages que j'ai faits en Europe, lorfque j'aurai le bonheur de pouvoir dire des Véritez fans rifque & fans danger.

DIALOGUES
OU ENTRETIENS
ENTRE UN SAUVAGE
ET LE
BARON DE LAHONTAN.

LAHONTAN.

'Est avec beaucoup de plaisir, mon cher Adario, que je veux raisonner avec toi de la plus importante affaire qui soit au Monde, puis qu'il s'agit de te découvrir les grandes véritez du Christianisme.

ADARIO.

Je suis prêt à t'écouter, mon cher Frere, afin de m'éclaircir de tant de choses que les Jésuites nous prêchent depuis long-temps, & je veux que nous parlions ensemble avec autant de liberté que faire se pourra. Si ta Créance est semblable à celle que les Jésuites nous prêchent, il est inutile que nous entrions en conversation ; car ils m'ont débité tant de fables, que tout ce que j'en puis croire, c'est qu'ils ont trop d'esprit pour les croire eux-mêmes.

Je ne ſçai pas ce qu'ils t'ont dit , mais
je croi que leurs paroles & les miennes ſe
raporteront fort bien les unes aux autres. La
Religion Chrétienne eſt celle que les hommes doivent profeſſer pour aller au Ciel.
Dieu a permis qu'on découvrît l'Amérique ,
voulant ſauver tous les peuples , qui ſui-
vront les Loix du Chriſtianiſme : il a voulu que l'Evangile fût prêchée à ta Nation
afin de lui montrer le véritable chemin du
Paradis , qui eſt l'heureux ſéjour des bonnes
Ames. Il eſt dommage que tu ne veuille pas
profiter des graces & des talens que Dieu t'a
donné. La vie eſt courte , nous ſommes in-
certains de l'heure de nôtre mort ; le temps
eſt cher : éclairci-toi donc des grandes Veritez du Chriſtianiſme ; afin de l'embraſſer
au plus vîte , en regrétant les jours que tu
as paſſé dans l'ignorance , ſans culte , ſans
religion , & ſans la connoiſſance du vrai
Dieu.

ADARIO.

Comment ſans conoiſſance du vrai Dieu eſt-
ce que tu rêves? Quoi ! tu nous crois ſans réligion après avoir demeuré tant de temps avec
nous? 1. Ne ſais-tu pas que nous reconnoiſſons
un Créateur de l'Univers, ſous le nom du
grand Eſprit ou du Maître de la vie, que nous
croions être dans tout ce qui n'a point de bornes. 2. Que nous confeſſons l'immortalité de

l'ame. 3. Que le grand Esprit nous a pour-
vûs d'une raison capable de discerner le bien
d'avec le mal, comme le ciel d'avec la terre,
afin que nous suivions exactement les véritables Régles de la justice & de la sagesse. 4.
Que la tranquillité d'ame plaît au grand Maître de la vie; qu'au contraire le trouble de l'esprit lui est en horreur, parce que les hommes en deviennent méchans. 5. Que la vie
est un songe, & la mort un réveil, après
lequel l'ame voit & connoît la nature &
la qualité des choses visibles & invisibles.
6. Que la portée de nôtre esprit ne pouvant
s'étendre un pouce au-dessus de la superficie
de la terre, nous ne devons pas le gâter ni
le corrompre en essaïant de pénétrer les
choses invisibles & improbables. Voilà,
mon cher Frere, quelle est nôtre Créance, & ce que nous suivons exactement.
Nous croions aussi d'aller dans le païs des
ames aprés nôtre mort ; mais nous ne soup-
çonnons pas, comme vous, qu'il faut nécessai-
rement qu'il y ait des séjours & bons & mauvais aprés la vie, pour les bonnes ou mauvaises ames, puisque nous ne sçavons pas si
ce que nous croions être un mal selon les
hommes, l'est aussi selon Dieu ; si vôtre Religion est diférente de la nôtre, cela ne veut
pas dire que nous n'en aions point du tout. Tu
sçais que j'ai été en France, à la nouvelle York
& à Quebec, où j'ai étudié les mœurs & la

doctrine des Anglois & des François. Les Jésuites disent que parmi cinq ou six cens sortes des Religions qui sont sur la terre, il n'y en a qu'une seule bonne & véritable, qui est la leur, & sans laquelle nul homme n'échapera d'un feu qui brûlera son ame durant toute l'éternité ; & cependant ils n'en sçauroient donner des preuves.

Lahontan.

Ils ont bien raison, Adario, de dire qu'il y en a de mauvaises ; car, sans aller plus loin, ils n'ont qu'à parler de la tienne. Celui qui ne connoît point les véritez de la Religion Chrétienne n'en sçauroit avoir. Tout ce que tu viens de me dire sont des rêveries effroiables. Le Païs des ames dont tu parles, n'est qu'un Païs de chasse chimérique : au lieu que nos saintes Ecritures nous parlent d'un Paradis situé au-dessus des étoiles les plus éloignées, où Dieu séjourne actuellement environné de gloire, au milieu des ames de tous les fidéles Chrétiens. Ces mêmes Ecritures font mention d'un Enfer que nous croions être placé dans le centre de la Terre, où les ames de tous ceux qui n'ont pas embrassé le Christianisme brûleront éternellement sans se consumer, aussi-bien que celles des mauvais Chrétiens. C'est une vérité à laquelle tu dévrois songer.

A D A R I O.

Ces saintes Ecritures que tu cites à tout
moment , comme les Jésuites font , demandent cette grande foi , dont ces bons
Peres nous rompent les oreilles ; or cette foi ne peut être qu'une persuasion , croire c'est être persuadé , être persuadé c'est
voir de ses propres yeux une chose, ou la
reconnoître par des preuves claires & soli-
des. Comment donc aurois je cette foi puisque tu ne sçaurois ni me prouver, ni me faire
voir la moindre chose de ce que tu dis ?
Croi-moi , ne jette pas ton esprit dans des
obscuritez , cesse de soûtenir les visions des
Ecritures saintes , ou bien finissons nos Entretiens. Car , selon nos principes , il faut de
la probabilité. Surquoi fondes-tu le destin
des bonnes ames qui sont avec le grand Esprit au-dessus des étoiles , ou celui des mauvaises qui brûleront éternellement au centre
de la terre ? Il faut que tu accuse Dieu de
tirannie , si tu crois qu'il ait créé un seul
homme pour le rendre éternellement malheureux parmi les feux du centre de cette
Terre. Tu diras , sans doute , que les saintes
Ecritures prouvent cette grande vérité; mais
il faudroit encore, si cela étoit, que la Terre
fût éternelle , or les Jésuites le nient , donc
le lieu des flâmes doit cesser lorsque la
terre sera consumée. D'ailleurs , comment
veux-tu que l'ame , qui est un pur esprit,

mille fois plus fubtil & plus leger que la fumée , tende contre fon penchant naturel au
centre de cette Terre : Il feroit plus probable qu'elle s'élevât & s'envolât au Soleil, où
tu pourrois plus raifonnablement placer ce
lieu de feux & de flâmes , puifque cet Aftre
eft plus grand que la Terre , & beaucoup
plus ardent.

L a h o n t a n.

Ecoute, mon cher Adario, ton aveuglement eft extrême, & l'endurciffement de ton
cœur te fait rejetter cette foi & ces Ecritures, dont la vérité fe découvre aifément, lorfqu'on veut un peu fe défaire de fes préjugez.
Il ne faut qu'examiner les prophéties qui y
font contenuës, & qui ont été inconteſta-
blement écrites avant l'événement. Cette
Hiftoire fainte fe confirme par les Auteurs
Païens , & par les Monumens les plus anciens & les plus inconteftables que les fiécles paffez puiffent fournir. Croi moi , fi tu
faifois réfléxion fur la maniere dont la Religion de Jefus-Chrift s'eft établie dans le
monde , & fur le changement qu'elle y a
aporté , fi tu preffois les Caractéres de vérité,
de fincérité , & de divinité , qui fe remar-
quent dans ces Ecritures ; en un mot , fi tu
prenois les parties de nôtre Religion dans le
détail, tu verrois & tu fentirois que fes dog-
mes , que fes préceptes , que fes promef-
fes , que fes menaces , n'ont rien d'abfurde ,

de mauvais , ni d'opofé aux fentimens naturels , & que rien ne s'accorde mieux avec la
droite raifon , & avec les fentimens de la
confcience.

A D A R I O.

Ce font des contes que les Jéfuites m'ont
fait déja plus de cent fois ; ils veulent que
depuis cinq ou fix mille ans , tout ce qui
s'eft paffé , ait été écrit fans altération. Ils
commencent à dire la maniere dont la terre &
les cieux furent créez ; que l'homme le fût de
terre , la femme d'une de fes côtes ; comme fi Dieu ne l'auroit pas faite de la même
matiere ; qu'un Serpent tenta cet homme
dans un Jardin d'arbres fruitiers, pour lui faire manger d'une pomme , qui eft caufe que le
grand Efprit a fait mourir fon Fils exprés pour
fauver tous les hommes. Si je difois qu'il eft
plus probable que ce font des fables que des
véritez , tu me paierois des raifons de ta Bible ; or l'invention de l'Ecriture n'a été trou-
vée, à ce que tu me dis un jour, que depuis
trois mille ans , l'Imprimerie depuis quatre ou cinq fiécles , comment donc s'affûrer
de tant d'événemens divers pendant plufieurs
fiécles? Il faut affûrément être bien crédule
pour ajoûter foi à tant de rêveries contenuës
dans ce grand Livre que les Chrétiens veulent que nous croïons. J'ai oüi lire des Livres que les Jéfuites ont fait de nôtre Païs.
Ceux qui les lifoient me les expliquoient en

ma langue, mais j'y ai reconnu vingt menteries les unes fur les autres. Or fi nous
voions de nos propres yeux des fauffetez imprimées & des chofes diférentes de ce qu'elles font fur le papier : comment veux-tu que
je croie la fincerité de ces Bible écrites depuis tant de fiécles , traduites de plufieurs
langues par des ignorans qui n'en auront pas
conçû le véritable fens, ou par des menteurs
qui auront changé, augmenté & diminué
les paroles qui s'y trouvent aujourd'hui.
Je pourrois ajoûter à cela quelques autres
dificultez qui, peut-être, à la fin t'engage-
roient, en quelque maniére d'avouër que
j'ai raifon de m'en tenir aux affaires vifibles
ou probables.

LAHONTAN.

Je t'ai découvert, mon pauvre Adario, les
certitudes & les preuves de la Religion Chrétienne , cependant tu ne veux pas les écouter, au contraire tu les regardes comme des
chiméres, en alléguant les plus fottes raifons
du monde. Tu me cites les fauffetez qu'on
écrit dans les Rélations que tu as vûës de ton
Païs, comme fi le Jéfuite qui les a faites,
n'a pas pû être abufé par ceux qui lui en ont
fourni les Mémoires. Il faut que tu confi-
déres, que ces defcriptions de Canada font
des bagatelles, qui ne fe doivent pas compa-
rer avec les Livres qui traitent des chofes
Saintes, dont cent Auteurs diferens ont écrit
fans fe contredire.

ADARIO.

Comment fans fe contredire ! Hé ! quoi ce
Livre des chofes faintes n'eſt il pas plein de
contradictions ? Ces Evangiles, dont les Jefuites nous parlent, ne caufent il, pas un défordre épouventable entre les François & les Anglois ? Cependant tout ce qu'ils contiennent
vient de la bouche du grand Efprit, fi l'on
vous en croit. Or, quelle aparence y a-t'il
qu'il eût parlé confufément, & qu'il eût
donné à fes paroles un fens ambigu, s'il avoit
eû envie qu'on l'entendît ? De deux chofes
l'une, s'il eſt né & mort fur la terre, & qu'il
ait harangué, il faut que fes difcours aient
été perdus, parce qu'il auroit parlé fi clairement que les enfans auroient pû concevoir
ce qu'il eût dit, ou bien fi vous croiez que
les Evangiles font véritablement fes paroles,
& qu'il n'y ait rien que du fien, il faut qu'il
foit venu porter la guerre dans ce monde au
lieu de la paix ; ce qui ne fçauroit être.

Les Anglois m'ont dit que leurs Evangiles
contiennent les mêmes paroles que ceux des
François, il y a pourtant plus de diférence
de leur Religion à la vôtre que de la nuit au
jour. Ils affûrent que la leur eſt la meilleure ;
les Jéfuites prêchent le contraire, & difent
que celles des Anglois & de mille autres Peuples, ne valent rien. Qui dois-je croire, s'il n'y
a qu'une feule véritable religion fur la terre ?
Qui font les gens qui n'eftiment pas la leur

la plus parfaite? Comment l'homme peut-il
être affez habile pour difcerner cette unique
& divine Religion parmi tant d'autres diférentes? Croi-moi, mon cher Frere, le grand
Efprit eft fage, tous fes ouvrages font accomplis, c'eft lui qui nous a faits, il fçait bien ce
que nous deviendrons. C'eft à nous d'agir
librement, fans embarafler nôtre efprit des
chofes futures. Il t'a fait naître François,
afin que tu cruffes ce que tu ne vois ni ne
conçois ; & il m'a fait naître Huron, afin
que je ne cruffe que ce que j'entens, & ce
que la raifon m'enfeigne.

LAHONTAN.

La raifon t'enfeigne à te faire Chrétien,
& tu ne le veux pas être ; tu entendrois, fi tu
voulois, les vérités de nôtre Evangile, tout
s'y fuit ; rien ne s'y contredit. Les Anglois
font Chrétiens, comme les François ; & s'il
y a de la diférence entre ces deux Nations,
au fujet de la Religion, ce n'eft que par raport à certains paffages de l'Ecriture fainte
qu'elles expliquent diféremment. Le premier
& principal point qui caufe tant de difputes,
eft que les François croient que le Fiis de
Dieu aiant dit que fon corps étoit dans un
morceau de pain, il faut croire que cela eft
vrai, puifqu'il ne fçauroit mentir. Il dit donc
à fes Apôtres qu'ils le mangeaffent & que ce
pain étoit véritablement fon corps ; qu'ils
fiffent inceffamment cette cérémonie en com-
mémo-

mémoration de lui. Ils n'y ont pas manqué ;
car depuis la mort de ce Dieu fait homme,
on fait tous les jours le sacrifice de la Messe,
parmi les François, qui ne doutent point de
la présence réelle du Fils de Dieu dans ce
morceau de pain. Or les Anglois prétendent
qu'étant au Ciel, il ne sçauroit être corpo-
rellement sur la terre; que les autres paroles
qu'il a dit ensuite, & dont la discussion seroit trop étenduë pour toi, les persuadent
que ce Dieu n'est que spirituellement dans ce
pain. Voilà toute la différence qu'il y a d'eux
à nous. Car pour les autres points, ce sont
des vetilles, dont nous nous accorderions facilement.

ADARIO.

Tu vois donc bien qu'il y a de la contradiction ou de l'obscurité dans les paroles du
Fils du grand Esprit, puisque les Anglois,
& vous autres en disputez le sens avec
tant de chaleur & d'animosité, & que c'est
le principal motif de la haine qu'on remarque entre vos deux Nations. Mais
ce n'est pas ce que je veux dire. Ecoute,
mon Frere, il faut que les uns & les autres soient foux de croire l'incarnation d'un
Dieu, voiant l'ambiguité de ces discours dont
yôtre Evangile fait mention. Il y a cinquante choses équivoques qui sont trop grossieres
pour être sorties de la bouche d'un Etre aussi
parfait. Les Jésuites nous assurent que ce Fils

du grand Esprit a dit qu'il veut véritablement
que tous les Hommes oient sauvez ; or s'il
le veut il faut que cela soit : cependant ils
ne le sont pas tous, puisqu'il a dit que *beaucoup étoient apellez & peu élûs.* C'est une
contradiction. Ces Peres répondent que
Dieu ne veut sauver les Hommes qu'à condition qu'ils le veüillent eux mêmes. Cependant Dieu n'a pas ajoûté cette clause, parce
qu'il n'auroit pas alors parlé en Maître.
Mais enfin les Jésuites veulent pénétrer dans
les secrets de Dieu , & prétendre ce qu'il n'a
pas prétendu lui-même , puisqu'il n'a pas
établi cette condition. Il en est de même
que si le grand Capitaine des François faisoit dire par son Viceroi, qu'il veut que tous
les Esclaves de Canada passassent véritablement en France, où il les feroit tous riches ,
& qu'alors les Esclaves répondissent qu'ils
ne veulent pas y aller , parce que ce grand
Capitaine ne peut le vouloir qu'à condition
qu'ils le voudront. N'est-il pas vrai, mon Frere,
qu'on se moqueroit d'eux , & qu'ils seroient
ensuite obligez de passer en France malgré
leur volonté: tu n'oserois me dire le contraire.
Enfin ces mêmes Jésuites m'ont expliqué tant
d'autres paroles qui se contredisent , que je
m'étonne après cela qu'on puisse les apeller
Ecritures Saintes. Il est écrit que le premier Homme que le grand Esprit fit de sa
propre main , mangea d'un fruit défendu ,

dont il fut châtié lui & fa Femme, pour
être auffi criminels l'un que l'autre. Supofons
donc que pour une pomme leur punition
ait été comme tu voudras, ils ne devoient fe
plaindre que de ce que le grand Efprit fçachant qu'ils la mangeroient, il les eût créez
pour être malheureux. Venons à leurs enfans qui, felon les Jefuites, font envelopez dans
cette déroute. Eft-ce qu'ils font coupables
de la gourmandife de leur Pere & de leur
Mére ? Eft-ce que fi un Homme tuoit un
de vos Rois, on puniroit auffi toute fa Gé-
nération, peres, meres, oncles, coufins,
fœurs, freres & tous fes autres parens ? Sup-
pofons donc que le grand Efprit, en créant
cet Homme, ne fçût pas ce qu'il dévroit
faire après fa création, ce qui ne peut être,
fuppofons encore que toute fa pofterité foit
complice de fon Crime, ce qui feroit in-
jufte, ce grand Efprit n'eft-il pas, felon vos
Ecritures, fi mifericordieux & fi clément,
que fa bonté pour tout le Genre humain ne
peut fe concevoir ? N'eft-il pas auffi grand
& fi puiffant que fi tous les efprits des Hommes qui font, qui ont été, & qui feront,
étoient raffemblez en un feul, il lui feroit
impoffible de comprendre la moindre partie
de fa toute-puiffance. Or, s'il eft fi bon &
fi mifericordieux, ne pouvoit-il pas pardonner lui & tous fes décendans d'une feule
parole ? Et s'il eft fi puiffant & fi grand,

quelle aparence y a-il qu'un Etre si incompréhensible se fît Homme, vécût en misérable, & mourût en infâme, pour expier le péché d'une vile Créature, autant ou plus au-dessous de lui, qu'une mouche est au-dessous du Soleil & des étoiles ? Où est donc cette puissance infinie ? A quoi lui serviroit-elle, & quel usage en feroit-il ? Pour moi, je soûtiens que c'est douter de l'étenduë incompréhensible de sa toute-puissance & avoir une présomption extravagante de soi-même de croire un avilissement de cette nature.

LAHONTAN.

Ne vois-tu pas, mon cher Adario, que le grand Esprit étant si puissant, & tel que nous l'avons dit, le péché de nôtre premier Pere étoit par conséquent si énorme & si grand qu'on le puisse dépeindre. Par exemple, si j'ofençois un de mes soldats, ce ne seroit rien, mais si je faisois un outrage au Roi, mon ofense seroit achevée, & en même-tems impardonnable. Or Adam outrageant le Roi des Rois, nous sommes ses complices, puisque nous sommes une partie de son ame, & par conséquent, il faloit à Dieu une satisfaction telle que la mort de son propre Fils. Il est bien vrai qu'il nous auroit pû pardonner d'une seule parole, mais par des raisons que j'aurois de la peine à te faire comprendre, il a bien voulu vivre & mourir pour tout le Genre-Humain. J'avouë qu'il est

miféricordieux , & qu'il eût pû abfoudre
Adam le même jour , car fa miféricorde eft
le fondement de toute l'efperance du falut.
Mais, s'il n'eût pas pris à cœur le crime de fa
defobéïffance , fa défenfe n'eût été qu'un jeu.
Il faudroit qu'il n'eût pas parlé férieufement,
& fur ce pied-là , tout le monde feroit en
droit de faire tout le mal qu'il voudroit.

A D A R I O.

Jufqu'à prefent tu ne prouves rien , &
plus j'examine cette prétenduë Incarnation ,
& moins j'y trouve de vrai-femblance. Quoi !
ce grand & incompréhenfible Etre & Créateur des Terres , des Mers & du vafte Firmament , auroit pû s'avilir à demeurer neuf
mois prifonnier dans les entrailles d'une Femme , à s'expofer à la miférable vie de fes câ-
marades pecheurs , qui ont écrit vos Livres
d'Evangiles , à être battu , foüetté , & crú-
cifié comme un malheureux ? C'eft ce que
mon efprit ne peut s'imaginer. Il eft écrit
qu'il eft venu tout exprès fur la Terre pour y
mourir, & cependant il a craint la mort ; voilà une contradiction en deux manieres. I.
S'il avoit le deffein de naître pour mourir, il
ne devoit pas craindre la mort. Car pourquoi
la craint-on ? C'eft parce qu'on n'eft pas bien
affûré de ce qu'on deviendra en perdant la
vie ; or il n'ignoroit pas le lieu où il devoit aller , donc il ne devoit pas être fi éfraïé. Tu
fçais bien que nous & nos femmes nous nous

B 3

empoisonnons le plus souvent, pour nous aller tenir compagnie dans le païs des Morts, lorsque l'un ou l'autre meurt ; tu vois donc bien que la perte de la vie ne nous éfarouche pas, quoique nous ne soïons pas bien certains de la route que nos ames prennent. Après cela que me répondras-tu ? II. Si le Fils du grand Esprit avoit autant de pouvoir que son Pere, il n'avoit que faire de le prier de lui sauver la vie, puisqu'il pouvoit lui-même se garantir de la mort, & qu'en priant son Pere il se prioit soi-même. Pour moi, mon cher Frere, je ne conçois rien de tout ce que tu veux que je conçoive.

LAHONTAN.

Tu avois bien raison de me dire tout à l'heure, que la portée de ton esprit ne s'étend pas un pouce au-dessus de la superficie de la Terre. Tes raisonnemens le prouvent assez. Après cela, je ne m'étonne pas si les Jésuites ont tant de peine à te prêcher, & à te faire entendre les saintes Veritez. Je suis fou de raisonner avec un Sauvage qui n'est pas capable de distinguer une supposition chimérique d'un principe assûré, ni une consequence bien tirée, d'une fausse. Comme, par exemple, lorsque tu as dit que Dieu vouloit sauver tous les hommes, & que pourtant il y en auroit peu de sauvez, tu as trouvé de la contradiction à cela, cependant, il n'y en a point. Car il veut sauver tous les hommes qui le voudront eux-

mêmes en suivant sa Loi & ses préceptes ;
ceux qui croiront son Incarnation, la verité
des Evangiles , la récompense des bons , le
châtiment des méchans & l'éternité. Mais ,
comme il se trouvera peu de ces gens-là, tous
les autres iront brûler éternellement dans ce
lieu de feux & de flâmes , dont tu te moc-
ques. Prens garde de n'être pas du nombre
de ces derniers ; j'en serois fâché , parce que
je suis ton ami; alors tu ne diras pas que
l'Evangile est plein de contradictions & de
chiméres. Tu ne demanderas plus de preuves grossiéres de toutes les véritez que je t'ai
dit ; tu te repentiras bien d'avoir traité nos
Evangelistes d'imbéciles Conteurs de fables;
mais il n'en sera plus temps; songe à tout ceci ,
& ne sois pas si obstiné ; car , en vérité, si tu
ne te rends aux raisons incontestables que je
donne sur nos mistéres , je ne parlerai de ma
vie avec toi.

A D A R I O.

Ha ! mon Frere , ne te fâche pas, je ne
prétens pas t'offenser en t'opposant les miennes. Je ne t'empêche pas de croire tes E-
vangiles. Je te prie seulement de me per-
mettre que je puisse douter de tout ce que
tu viens de m'expliquer. Il n'est rien de si
naturel aux Chrétiens, que d'avoir de la foi
pour les saintes Ecritures , parce que dès
leur enfance on leur en parle tant, qu'à l'i-
mitation de tant de gens élevez dans la mê-

me créance, ils les ont tellement imprimées
dans l'imagination, que la raison n'a plus la
force d'agir fur leurs efprits déja prévenus de
la vérité de ces Evangiles; il n'eft rien de fi
raifonnable à des gens fans préjugés, comme font les Hurons, d'examiner les chofes
de près. Or, après avoir fait bien des ré-
flexions depuis dix années, fur ce que les
Jéfuites nous difent de la vie & de la mort
du Fils du grand Efprit, tous mes Hurons te
donneront vingt raifons qui prouveront le
contraire : pour moi, j'ai toûjours foûtenu
que, s'il étoit poffible qu'il eût eu la baffeffe
de defcendre fur terre, il fe feroit manifefté
à tous les Peuples qui l'habitent. Il feroit
defcendu en triomphe avec éclat & majefté,
à la vûë de quantité de gens. Il auroit reffuf-
cité les morts, rendi la vûë aux aveugles,
fait marcher les boiteux, guéri les malades
par toute la terre : enfin, il auroit parlé, &
commandé ce qu'il vouloit qu'on fît ; il feroit allé de Nation en Nation faire ces grands
miracles pour donner la même Loi à tout le
monde ; alors nous n'aurions tous qu'une
même Religion, & cette grande uniformité
qui fe trouveroit par tout, prouveroit à nos
defcendans d'ici à dix mille ans, la vérité
de cette Religion connuë aux quatre coins de
la terre, dans une même égalité : au lieu
qu'il s'en trouve plus de cinq ou fix cens diférentes les unes des autres, parmi lefquelles

celle des François eft l'unique, qui foit bonne, fainte & véritable, fuivant ton raifonnement. Enfin, après avoir fongé mille fois à toutes ces énigmes que vous apellez myftéres, j'ai crû qu'il falloit être né au-delà du grand Lac, c'est-à-dire être Anglois ou François pour les concevoir. Car dés qu'on me dira que Dieu, dont on ne peut fe reprefenter la figure, puiffe produire un Fils fous celle d'un homme, je répendrai qu'une femme ne fçauroit produire un Caftor, parce que chaque efpece dans la nature y produit fon femblable. Et fi les hommes étoient tous au Diable, avant la venuë du Fils de Dieu, quelle aparence y a-t'il qu'il eût pris la forme des créatures qui étoient au Diable? n'en eût-il pas pris une diférente & plus belle & plus pompeufe? Cela fe pouvoit d'autant mieux que la troifiéme Perfonne de cette Trinité, fi incompatible avec l'unité, a pris la forme d'une colombe.

LAHONTAN.

Tu viens de faire un fiftéme fauvage par une profufion de chiméres, qui ne fignifie rien. Encore une fois ce feroit en vain que je chercherois à te convaincre par des raifons folides, puifque tu n'es pas capable de les entendre. Je te renvoie aux Jéfuites; cependant je te veux faire concevoir une chofe fort aifée & qui eft de la fphére de ton génie; c'est qu'il ne fuffit pas de croire, pour

aller chez le grand Efprit , ces grandes véritez de l'Evangile que tu nies , il faut inviolablement obferver les commandemens de la
Loi qui y eft contenuë , c'eft-à dire n'adorer
que le grand Efprit feul , ne point travailler
les jours de la grande priere , honorer fon
pere & fa mere , ne point coucher avec les
filles , ni même les defirer que pour le mariage , ne tuer ni faire tuër perfonne , ne dire
du mal de fes freres , ni mentir ; ne point toucher aux femmes mariées , ne prendre point
le bien de fes freres ; aller à la Meffe les jours
marquez par les Jéfuites , & jeûner certains jours de la Semaine , car tu aurois beau
croire tout ce que nous croïons des faintes Ecritures , ces préceptes y étant compris
il faut les obferver , ou brûler éternellement
après la mort.

ADARIO.

Ha ! mon cher Frere , voilà où je t'attendois. Vraiment il y a long-tems que je
fçai tout ce que tu me viens d'expliquer à
prefent. C'eft ce que je trouve de raifonnable dans ce Livre de l'Evangile , rien n'eft
plus jufte ni plus plaufible que ces ordonnan-
ces. Tu viens de me dire que fi on ne les exé-
cute pas , & qu'on ne fuive pas ponctuel-
ment ces commandemens , la créance & la
foi des Evangiles , eft inutile ; pourquoi
donc eft-ce que les François le croient en fe
moquant de ces préceptes ? Voilà une con-

tradiction manifeste. Car I. à l'égard de l'a-
doration du grand Efprit , je n'en connois
aucune marque dans vos actions, & cette adoration ne confiste qu'en paroles pour nous
tromper. Par exemple , ne vois-je pas tous
les jours que les Marchands difent en tra-
fiquant nos Castors ; *Mes marchandifes
me coûtent tant, auffi vrai que j'adore Dieu,
je perds tant avec toi , vrai comme Dieu eft
au Ciel.* Mais , je ne vois pas qu'ils lui
faffent des facrifices des meilleures marchandifes qu'ils ont , comme nous faifons,
lorfque nous les avons achetées d'eux , & que
nous les brûlons en leur prefence. II. Pour
le travail des jours de la grande Priere , je
ne conçois pas que vous faffiez de la diférence de ceux-là aux autres , car j'ai vû vingt
fois des François qui trafiquoient des pelle-
téries , qui faifoient des filets , qui joüoient,
fe quérelloient , fe battoient , fe fouloient, &
faifoient cent autres folies. III. Pour la vénération de vos Peres , c'eft une chofe extraordinaire parmi vous de fuivre leurs confeils;
vous les laiffez mourir de faim , vous vous fé-
parez d'eux, vous faites cabane à part ; vous ê-
tes toûjours prêts à leur demander & jamais
à leur donner ; & fi vous efperez quelque
chofe d'eux vous leur fouhaitez la mort ou
du moins vous l'attendez avec impatience.
IV. Pour la continence envers le fexe , qui
font ceux parmi vous, à la réferve des Jéfui-

B 6

tes, qui l'aient jamais gardée ? Ne voions-
nous pas tous les jours vos jeunes gens pour-
suivre nos filles & nos femmes jufques dans
les champs, pour les féduire par des prefens,
courir toutes les nuits de Cabane en Cabane
dans nôtre Village pour les débaucher, & ne
fçais-tu par toi-même combien d'affaires fe
font paffées parmi tes propres foldats ? V. A
l'égard de meurtre, il est fi ordinaire parmi
vous, il est fi fréquent, que pour la moindre
chofe, vous mettez l'épée à la main, & vous
vous tuez. Quand j'étois à Paris, on y trouvoit toutes les nuits des gens percez de coups;
& fur les chemins delà à la Rochelle, on me
dit qu'il faloit que je priffe bien garde de perdre la vie. VI. Ne dire du mal de fes freres, ni
mentir, font des chofes dont vous vous ab-
ftiendriez moins que de boire & de manger,
je n'ai jamais oüi parler quatre François en-
femble fans dire du mal de quelqu'un, & fi tu
fçavois ce que j'ai entendu publier du Viceroi, de l'Intendant, des Jéfuites, & de mille
gens que tu connois, & peut-être de toi-même, tu verrois bien que les François fe fçavent
déchirer de la belle maniere. Pour mentir, je
foûtiens qu'il n'y a pas un Marchand ici qui
ne dife vingt menteries pour nous vendre la
valeur d'un Caftor de marchandife, fans conter celles qu'ils difent pour difamer leurs camarades. VII. Ne point toucher aux femmes
mariées, il ne faut que vous entendre parler

quand vous avez un peu bû, on peut aprendre fur cette matiere bien des hiftoires, on
n'a qu'à compter les enfans que les femmes
des Coureurs de bois fçavent faire pendant
l'abfence de leurs Maris. VIII. Ne point
prendre le bien d'autrui : Combien de vols,
n'as-tu pas vû faire depuis que tu es ici entre
les Coureurs de bois qui y font ? N'en a-t-on
pas pris fur le fait, n'en a-t-on pas châtié ?
N'eft ce pas une chofe ordinaire dans vos
Villes, peut-on marcher la nuit en fûreté, ni
laiffer fes portes ouvertes ? I X. Aller à vôtre
Meffe pour préter l'oreille aux paroles d'une
langue qu'on n'entend pas ; il eft vrai que le
plus fouvent les François y vont, mais c'eft
pour y fonger à toute autre chofe qu'à la
priere. A Qaebec les Hommes y vont pour
voir les Femmes, & celles-ci pour voir les
Hommes : J'en ai vû qui fe font porter des
Couffins, de peur de gâter leurs bas & leurs
jupes, elles s'affeient fur leurs talons, elles
tirent un Livre d'un grand fac, elles le tiennent ouvert en regardant plûtôt les Hommes
qui leur plaifent, que les prieres qui font dedans. La plûpart des François y prennent du
tabac en poudre, y parlent, y rient & chantent plûtôt par divertiffement que par dévotion. Et qui pis eft, je fçai que pendant
le tems de cette priere plufieurs Femmes
& filles en profitent pour leurs galanteries,
demeurant feules dans leurs maifons. A l'égard

de vôtre jeûne, il eſt plaiſant. Vous mangez
de toute ſorte de poiſſon à crever, des
œufs, & mille autres choſes, & vous apellez cela jeûner ? Enfin, mon cher Frere,
vous autres François prétendez tous tant que
vous êtes avoir de la foi, & vous êtes des incrédules, vous voulez paſſer pour ſages, &
vous êtes foux, vous vous croiez des gens d'eſprit, & vous êtes de préſomptueux ignorans,

LAHONTAN.

Cette Concluſion, mon cher Ami, eſt un
peu Hurone, en décidant de tous les François
en général ; ſi cela étoit, aucun deux n'iroit
en paradis ; or nous ſçavons qu'il y a des millions de bienheureux que nous apellons des
Saints, & dont tu vois les Images dans nos
Egliſes. Il eſt bien vrai que peu de François ont cette véritable foi, qui eſt l'unique
principe de la pieté ; pluſieurs font profeſſion
de croire les véritez de nôtre Religion, mais
cette créance n'eſt ni aſſez forte, ni aſſez
vive en eux. J'avouë que la plûpart connoiſ-
ſans les Véritez Divines, & faiſant profeſſion
de les croire, agiſſent tout au contraire de ce
que la Foi & la Religion ordonnent. Je ne
ſçaurois nier la contradiction que tu as re-
marquée. Mais il faut conſidérer que les
hommes péchent quelquefois contre les lu-
miéres de leur conſcience, & qu'il y a des
gens bien inſtruits qui vivent mal. Cela peut
arriver ou par le défaut d'attention, ou par la

force de leurs paffions, par leurs attachemens
aux intérêts temporels : l'homme corrompu
comme il eft, eft emporté vers le mal par
tant d'endroits, & par un penchant fi fort,
qu'à moins de néceffité abfoluë, il eft difficile qu'il y renonce.

A D A R I O.

Quand tu parles de l'homme, dis l'homme
François ; car tu fçais bien que ces paffions,
cet intérêt, & cette corruption, dont tu parles, ne font pas connuës chez nous. Or ce
n'eft pas-là ce que je veux dire : écoute,
mon Frere, j'ai parlé très-fouvent à des François fur tous les vices qui régnent parmi eux,
& quand je leur ai fait voir qu'ils n'obfer-
voient nullement les loix de leur Religion, ils
m'ont avoüé qu'il étoit vrai, qu'ils le voioient
& qu'ils le connoiffoient parfaitement bien,
mais qu'il leur étoit impoffible de les obferver. Je leur ai demandé s'ils ne croioient
pas que leurs ames brûleroient éternellement : ils m'ont répondu que la mifericorde
de Dieu eft fi grande, que quiconque a de la
confiance en fa bonté, fera pardonné ; que
l'Evangile eft une Alliance de grace dans laquelle Dieu s'accommode à l'état & à la foibleffe de l'Homme qui eft tenté par tant d'at-
traits violens fi fréquemment qu'il eft obligé
de fuccomber ; & qu'enfin ce Monde étant
le lieu de la corruption, il n'y aura de la
pureté dans l'homme corrompu fi ce n'eft

dans le Païs de Dieu. Voilà une Morale moins rigide que celles des Jésuites; lesquels nous envoient en Enfer pour une bagatelle. Ces François ont raison de dire qu'il est impossible d'observer cette Loi, pendant que *le Tien*, & *le Mien*, subsistera parmi vous autres. C'est un fait aisé à prouver par l'exemple de tous les Sauvages de Canada; puisque malgré leur pauvreté ils sont plus riches que vous, à qui *le Tien* & *le Mien* fait commettre toutes sortes de Crimes.

LAHONTAN.

J'avoüe, mon cher Frere, que tu as raison, & je ne sçaurois me lasser d'admirer l'innocence de tous les Peuples sauvages. C'est ce qui fait que je souhaiterois de tout mon cœur qu'ils connussent la sainteté de nos Ecritures, c'est-à-dire cet Evangile dont nous avons tant parlé, il ne leur manqueroit autre chose que cela pour rendre leurs ames éternellement bien-heureuses. Vous vivez tous si moralement bien que vous n'auriez qu'une seule difficulté à surmonter pour aller en Paradis; c'est la fornication parmi les gens libres de l'un & de l'autre Sexe, & la liberté qu'ont les hommes & les femmes de rompre leurs mariages, pour changer réciproquement & s'accommoder au choix de nouvelles personnes; car le grand Esprit a dit que la mort ou l'adultére pouvoient seuls rompre ce lien indissoluble.

A d a r i o

Nous parlerons une autrefois de ce grand
obstacle que tu trouves à nôtre salut, avec
plus d'attention ; cependant je me contenterai de te donner une seule raison sur l'un de
ces deux points, c'est de la liberté des Filles &
des Garçons. Premiérement un jeune Guerrier ne veut point s'engager à prendre une
femme qu'il n'ait fait quelque campagne contre les Iroquois, pris des esclaves pour le servir à son village, à la chasse, & à la pêche, &
qu'il ne sçache parfaitement bien chasser &
pêcher ; d'ailleurs, il ne veut pas s'énerver par
le fréquent exercice de l'acte vénérien, dans
le tems que sa force lui permet de servir sa
Nation contre ses Ennemis : outre qu'il ne
veut pas exposer une femme & des enfans à la
douleur de le voir tué ou pris. Or, comme il
est impossible qu'un jeune homme puisse se
contenir totalement sur cette matiere, il ne
faut pas trouver mauvais que les Garçons une
ou deux fois le mois, recherchent la compagnie des Filles, & que ces Filles souffrent celle des Garçons ; sans cela, nos jeunes gens en
seroient extrêmement incommodez, comme
l'exemple l'a fait voir envers plusieurs, qui,
pour mieux courir, avoient gardé la continence ; & d'ailleurs nos Filles auroient la bas-
sesse de se donner à nos Esclaves.

L a h o n t a n.

Crois-moi, mon cher Ami, Dieu ne se

paie pas de ces raifons-là, il veut qu'on fe
marie, ou qu'on n'ait aucun commerce avec
le Sexe. Car pour une feule penfée amoureufe, un feul defir, une fimple volonté de
conteater fa paffion brutale, il faut brûler
éternellement. Et quand tu trouve de l'im-
poffibilité dans la Continence, tu donnes un
démenti à Dieu, car il n'a ordonné que des
chofes poffibles. On peut fe modérer quand
on le veut; il ne faut que le vouloir. Tout
homme qui croit en Dieu doit fuivre ces préceptes, comme nous avons dit. On réfifte à
la tentation par le fecours de fa grace qui
ne nous manque jamais. Voi, par exemple, les Jéfuites, crois-tu qu'ils ne foient pas
tentez, quand ils voient de belles filles dans
ton Village? Sans contredit ils le font; mais
ils apellent Dieu à leur fecours; ils paffent
leur vie, auffi-bien que nos Prêtres, fans fe
marier, ni fans avoir aucun commerce criminel avec le Sexe. C'eft une promelle fo-
lemnelle qu'ils font à Dieu, quand ils endof-
fent l'habit noir. Ils combatent toute leur vie
les tentations; il fe faut faire de la violence
pour gagner le Ciel: il faut fuïr les occafions
de peur de tomber dans le péché. On ne fçauroit mieux les éviter qu'en fe jettant dans les
Cloîtres.

ADARIO.

Je ne voudrois pas pour dix Caftors être
obligé de garder le filence fur cette matière.

Premiérement ces gens-là font un crime en
jurant la Continence ; car Dieu aiant créé
autant d'hommes, que de femmes, il a voulu que les uns & les autres travaillaſſent à
la propagation du genre humain. Toutes
choſes multiplient dans la Nature, les Bois,
les Plantes, les Oiſeaux, les Animaux &
les Inſeſtes. C'eſt une leçon qu'ils nous donnent tous les ans. Et les gens qui ne le font pas
ainſi font inutiles au monde, ne font bons que
pour eux-mêmes, & ils volent à la terre le
bled qu'elle leur donne, puiſqu'ils n'en font
aucun uſage, ſelon vos principes. Ils font
un ſecond crime quand ils violent leur ſer-
ment, ce qui leur eſt aſſez ordinaire ; car ils
ſe mocquent de la parole & de la foi qu'ils ont
donnée au grand Eſprit. En voici un troiſié-
me qui en améne un quatriéme, dans le commerce qu'ils ont, ſoit avec les filles, ou avec
les femmes. Si c'eſt avec les filles, il eſt conſtant qu'ils leur ôtent en les déflorant ce
qu'ils ne ſçauroient jamais leur rendre, c'eſt-
à-dire cette fleur que les François veulent
cüeillir eux-mêmes, quand ils ſe marient, &
laquelle ils eſtiment un tréſor dont le vol eſt
un des grands crimes qu'ils puiſſent faire.
En voilà déja un, & l'autre eſt que pour
les garantir de la groſſeſſe, ils prennent
des précautions abominables en faiſant l'ouvrage à demi ; ſi c'eſt avec les femmes, ils
ſont reſponſables de l'adultére & du mauvais

ménage qu'elles font avec leurs maris. Et
de plus les enfans qui en proviennent font
des voleurs qui vivent aux dépens de leurs
demi-freres. Le cinquiéme crime qu'ils commettent, confifte dans les voies illégitimes
& profanes dont ils fe fervent pour affouvir
leur paffion brutale : car comme ce font eux
qui prêchent vôtre Evangile ils leur font entendre en particulier, une explication bien diférente de celle qu'ils débitent en public,
fans quoi ils ne pourroient pas autorifer
leur libertinage, qui paffe pour crime felon
vous autres. Tu vois bien que je parle jufte,
& que j'ai vû en France ces bons Prêtres noirs
ne pas cacher leurs vifages avec leurs chapeaux quand ils voient les femmes. Encore
une fois, mon cher Frere, il eft impoffible
de fe paffer d'elles à un certain âge, encore
moins de n'y pas penfer. Toute cette réfif-
tance, ces efforts dont tu parles, font des
comptes à dormir debout. De même cette occafion que tu prétens qu'on évite en s'enfer-
mant dans le Couvent, pourquoi fouffre-t'on
que les jeunes Prêtres ou Moines confeffent
des filles & des femmes ? Eft-ce fuïr les occafions ? n'eft-ce pas plûtôt les chercher ? Qui
eft l'homme au monde qui peut entendre
certaines galanteries dans les Confeffion aux
fans être hors de foi-même ? Turtout des gens
fains, jeunes & robuftes qui ne travaillent
point, & ne mangent que des viandes nour-

riſſantes, aſſaiſonnées de cent drogues, qui é-
chauffent aſſez le ſang ſans autre provocation.
Pour moi je m'étonne après cela qu'il y ait un
ſeul Ecléſiaſtique qui aille dans ce Paradis du
grand Eſprit, & tu oſes me ſoûtenir que ces
gens-là ſe font Moines & Prêtres pour éviter
le peché, pendant qu'il ſont adonnez à toutes
ſortes de vices? Je ſçai par d'habiles François
que ceux d'entre vous qui ſe font Prêtres ou
Moines ne ſongent qu'à vivre à leur aiſe, ſans
travail, ſans inquiétude, de peur de mourir
de faim, ou d'aller à l'Armée. Pour bien
faire il faudroit que tous ces gens-là ſe ma-
riaſſent, & qu'il demeuraſſent chacun dans
leur ménage; où tout au moins ne recevoir
de Prêtres ou de Moines au-deſſous de l'âge
de 60. ans. Alors ils pourroient confeſſer,
prêcher, viſiter ſans ſcrupule les familles,
par leur exemple édifier tout le monde : A-
lors, dis-je, ils ne pourroient ſéduire ni femmes ni filles. Ils ſeroient ſages, modérez, con-
ſidérez par leur vieilleſſe & par leur conduite,
& la Nation n'y perdroit rien, puiſqu'à cet
âge-là on eſt hors d'état de faire la guerre.

L A H O N T A N.

Je t'ai déja dit une fois qu'il ne falloit pas
comprendre tout le monde en des choſes ou
très-peu de gens ont part. Il eſt vrai qu'il y en
peut avoir quelques-uns qui ne ſe font Moines ou Prêtres que pour ſubſiſter commodément, & qui abandonnant les devoirs de leur

Miniſtére, ſe contentent d'en tirer les revenus. J'avouë qu'il y en a d'ivrognes, de violens & d'emportés dans leurs actions & dans
leurs paroles ; qu'il s'en trouve d'une avarice
ſordide, & d'un attachement extrême à leur
intérêt ; d'orgueilleux, d'implacables dans
leurs haines, de paillards, de débauchez,
de jureurs, d'hipocrites, d'ignorans, de
mondains, de médiſans, &c. mais le nombre
en eſt très-petit, parce qu'on ne reçoit dans
l'Egliſe que des gens ſages dont on ſoit bien
aſſûré, on les éprouve, & on tâche de connoître le fond de leur ame avant que de les
y admettre. Néanmoins, quelque précaution
qu'on prenne, il ne ſe peut faire qu'on n'y
ſoit trompé quelquefois ; c'eſt pourtant un
malheur, car lorſque ces vices paroiſſent
dans la conduite de ces gens-là, c'eſt aſſû-
rément le plus grand des ſcandales ; dés-là les
paroles ſaintes ſe ſa iſſent dans leur bouche,
les Loix de Dieu ſont mépriſées, les choſes
divines ne ſont plus reſpectées ; le Miniſtére
s'avilit, la Religion en général tombe dans le
mépris ; & le Peuple n'étant plus retenu par
le reſpect que l'on doit avoir pour la Religion, ſe donne une entiere licence. Mais il
faut que tu ſçaches que nous nous réglons
plûtôt par la doctrine que par l'exemple de
ces indignes Eccléſiaſtiques. Nous ne faiſons
pas comme vous autres, qui n'avez pas le diſ-
cernement & la fermeté neceſſaires pour ſça-

voir ainsi séparer la doctrine d'avec l'exemple, & pour n'être pas ébranlez par les scan-
dales que donnent ceux que tu as vû à Paris,
dont la vie & la prédication ne s'accordent
pas. Enfin tout ce que j'ai à te dire, c'est que
le Pape recommandant expressement à nos
Evêques de ne conférer à aucun Sujet in-
digne les Ordres Ecclésiastiques, ils prennent
bien garde à ce qu'ils font, & ils tâchent en
même-tems de ramener à leur devoir ceux
qui s'en écartent.

A D A R I O.

C'est quelque chose d'étrange que depuis
que nous parlons ensemble, tu ne me ré-
pondes que superficiellement sur toutes les
objections que je t'ai fait; je voi que tu cher-
ches des détours, & que tu t'éloignes toûjours du sujet de mes questions. Mais à propos du Pape, il faut que tu sçaches qu'un
Anglois me disoit un jour à la *Nieu-York*,
que c'étoit comme nous un homme, mais
un homme qui envoioit en enfer tous ceux
qu'il excommunioit, qu'il faisoit sortir d'un
second lieu de flâmes, que tu as oublié, tous
ceux qu'il vouloit, & qu'il ouvroit les portes du Païs du grand Esprit à qui bon lui
sembloit, parce qu'il avoit les clefs de ce bon
Païs-là; si cela est, tous ses amis dévroient
donc se tuér quand il meurt, pour se trouver
à l'ouverture des portes en sa compagnie; &
s'il a le pouvoir d'envoier les ames dans le

feu éternel, il eſt dangereux d'être de ſes ennemis. Ce même Anglois ajoûtoit que cette grande autorité ne s'étendoit nullement ſur la Nation Angloiſe, & qu'on ſe moquoit de lui en Angleterre. Dis-moi, je te prie, s'il a dit la vérité.

LAHONTAN.

Il y auroit tant de choſes à raconter ſur cette queſtion, qu'il me faudroit quinze jours pour te les expliquer. Les Jéſuites te les diſtingueront mieux que moi. Néanmoins je puis te dire en paſſant que l'Anglois railloit en diſant quelques véritez. Il avoit raiſon de te perſuader que les gens de ſa Religion ne demandent pas au Pape le chemin du Ciel, puiſque cette foi vive, dont nous avons tant parlé, les y conduit en diſant des injures à ce ſaint homme. Le fils de Dieu veut les ſauver tous par ſon ſang & par ſes mérites; or s'il le veut, il faut que cela ſoit. Ainſi, tu vois bien qu'ils ſont plus heureux que les François dont ce Dieu exige de bonnes œuvres qu'ils ne font guéres. Sur ce pied-là nous allons en enfer, ſi nous contrevenons par nos méchantes actions au commandement de Dieu dont nous avons parlé, quoique nous aions la même foi qu'eux. A l'égard du ſecond lieu de flâmes, dont tu parles, & que nous apellons le Purgatoire, ils ſont exempts d'y paſſer, car ils aimeroient mieux vivre éternellement ſur la terre, ſans jamais aller en Paradis, que

de

de brûler des milliers d'années chemin faifant. Ils font fi délicats fur le point d'honneur , qu'ils n'accepteroient jamais de prefens au prix de quelques baftonnades. On ne
fait pas, felor. eux, une grace à un homme lorfqu'on le maltraite en lui donnant de l'argent,
c'eft plûtôt une injure. Mais les François, qui
font moins fcrupuleux que les Anglois, tiennent pour une grande faveur , celle de brûler
une infinité de fiécles dans ce Purgatoire, parce qu'ils connoiffent mieux le prix du Ciel.

Or comme le Pape eft leur Créancier , &
qu'il leur demande la reftitution de fes biens,
ils n'ont garde de lui demander fes pardons ,
c'eft à dire un paffeport pour aller en Paradis,
fans paffer en Purgatoire ; car il leur donneroit
plûtôt pour aller à cet enfer, qu'ils prétendent
n'avoir jamais été fait pour eux. Mais nous autres François qui lui faifons une rente affez
belle , par la connoiffance que nous avons de
fon pouvoir extrême , & des péchez que nous
commettons tous contre Dieu , il faut de néceffité que nous aions recours aux indulgen-
ces de ce faint homme , pour en obtenir un
pardon qu'il a pouvoir de nous accorder ; &
tel parmi nous qui feroit condamné à quarante mille ans de Purgatoire , avant que d'aller
au Ciel , peut en être quitte pour une feule
parole du Pape. Les Jéfuites, comme je te l'ai
déja dit, t'expliqueront à merveilles le pouvoir du Pape, & l'état du Purgatoire.

Tome III.   C

ADARIO.

La diférence que je trouve entre vôtre
créance , & celle des Anglois, embaraffe fi
fort mon efprit, que plus je cherche à m'é-
claircir , & moins je trouve de lumieres.
Vous feriez mieux de dire tous tant que vous
êtes , que le grand Efprit a donné des lumié-
res fufilantes à tous les hommes pour connoître ce qu'ils doivent croire & ce qu'ils doivent
faire , fans fe tromper. Car j'ai oüi dire que
parmi chacune de ces Religions diférentes ,
il s'y trouve un nombre de gens de diverfes
opinions ; comme , par exemple , dans la vôtre chaque Ordre Religieux foûtient certains
points diférens des autres , & fe conduit
auffi diverfement en fes Inftituts qu'en fes
habits, cela me fait croire qu'en Europe
chacun fe fait une Religion à fa mode , diférente de celle dont il fait profeffion exté-
rieure. Pour moi , je croi que les hommes
font dans l'impuiffance de connoître ce que le
grand Efprit demande d'eux , & je ne puis
m'empêcher de croire que ce grand Efprit é-
tant auffi jufte & auffi bon qu'il l'eft, fa juftice
ait pû rendre le falut des hommes fi dificile ,
qu'ils feront tous damnez hors de vôtre religion , & que même peu de ceux qui la profef-
fent iront dans ce grand Paradis. Crois-moi,
les affaires de l'autre monde font bien diférentes de celles ci. Peu de gens fçavent ce
qui s'y paffe. Ce que nous fçavons c'eft que

nous autres Hurons ne sommes pas les auteurs de nôtre création ; que le grand Esprit nous a fait honnêtes gens, en vous fai-
sant des scélerats qu'il envoie sur nos Terres, pour corriger nos défauts & suivre
nôtre exemple. Ainsi, mon Frére, croi tout
ce que tu voudras, aie tant de foi qu'il te
plaira, tu n'iras jamais dans le bon païs des
Ames si tu ne te fais Huron. L'innocence de
nôtre vie, l'amour que nous avons pour nos
freres, la tranquillité d'ame dont nous joüis-
sons par le mépris de l'intérêt, sont trois choses que le grand Esprit exige de tous les hommes en général. Nous les pratiquons naturellement dans nos Villages, pendant que les
Européans se déchirent, se volent, se diffament, se tuent dans leurs Villes, eux qui voulant aller au païs des Ames ne songent jamais
à leur Créateur, que lorsqu'ils en parlent a-
vec les Hurons. Adieu, mon cher Frere, il
se fait tard ; je me retire dans ma Cabane pour
songer à tout ce que tu m'as dit, afin que je
m'en ressouvienne demain, lorsque nous rai-
sonnerons avec le Jésuite.

DES LOIX.

LAHONTAN.

Eh bien ! mon Ami, tu as entendu le Jésuite, il t'a parlé clair, il t'a bien mieux expliqué les choses que moi. Tu vois bien qu'il

y a de la diférence de ſes raiſonnemens auꝶ miens. Nous autres gens de guerre ne ſçavons que ſuperficiellement nôtre religion, qui eſt pourtant une ſcience que nous dévrions ſçavoir le mieux : mais les Jéſuites la poſſédent à tel point, qu'ils ne manquent jamais de convaincre les Peuples de la Terre les plus incrédules & les plus obſtinez.

ADARIO.

A te parler franchement, mon cher Frere, je n'ai pû concevoir quaſi rien de ce qu'il m'a dit, & je ſuis fort trompé s'il l'a compris lui-même. Il m'a dit cent fois les mêmes choſes dans ma Cabane, & tu as bien pû remarquer que je lui répondis vingt fois hier, que j'avois déja entendu ſes raiſonnemens à diverſes repriſes. Ce que je trouve encore de ridicule, c'eſt qu'il me perſecute à tout moment de les expliquer mot pour mot aux gens de ma Nation, parce que, dit-il, aiant de l'eſprit, je puis trouver des termes aſſez expreſſifs dans ma Langue, pour rendre le ſens de ſes paroles plus intelligible que lui, à qui le langage Huron n'eſt pas aſſez bien connu. Tu as bien vû que je lui ai dit qu'il pouvoit baptiſer tous les enfans qu'il voudroit, quoiqu'il n'ait ſçû me faire entendre ce que c'eſt que le bâtême. Qu'il faſſe tout ce qu'il voudra dans mon Village, qu'il y faſſe des Chrétiens, qu'il prêche, qu'il baptiſe, je ne l'en empêche pas. C'eſt aſſez parler de Religion,

venons à ce que vous apellez *les Loix* ; c'est
un mot comme tu sçais que nous ignorons
dans nôtre langue ; mais j'en connois la force & l'expreſſion , par l'explication que tu
me donnas l'autre jour , avec les exemples
que tu ajoûtas pour me le faire mieux concevoir. Dis-moi, je te prie , les Loix, n'eſt-ce
pas dire les choſes juſtes & raiſonnables ? Tu
dis qu'oüi ; & bien , obſerver les Loix c'eſt
donc obſerver les choſes juſtes & raiſonnables. Si cela , il faut que vous preniez ces choſes juſtes & raiſonnables dans un autre ſens
que nous , ou que , ſi vous les entendez de
même , vous ne les ſuiviez jamais.

LAHONTAN.

Vraiment tu fais-là de beaux contes & de
belles diſtinctions ! eſt-ce que tu n'as pas l'eſprit de concevoir depuis 20. ans, que ce qui s'a-
pelle raiſon , parmi les Hurons, eſt auſſi raiſon
parmi les François ? Il eſt bien ſûr que tout le
monde n'obſerve pas ces Loix , car ſi on les
obſervoit, nous n'aurions que faire de châtier
perſonne; alors ces Juges que tu as vûs à Paris
& à Quebec , feroient obligez de chercher à
vivre par d'autres voies. Mais comme le bien
de la ſocieté conſiſte dans la juſtice & dans
l'obſervance de ces Loix , il faut châtier les
méchans & récompenſer les bons ; ſans cela
tout le monde s'égorgeroit , on ſe pilleroit ,
on ſe diffameroit ; en un mot , nous ſerions
les gens du monde les plus malheureux.

Vous l'êtes affez déja, je ne conçois pas
que vous puiffiez l'être davantage. O ! quel
genre d'hommes font les Européans ! O quelle forte de créatures ! qui font le bien par
force, & n'évitent à faire le mal que par la
la crainte des châtimens ? Si je te demandois ce
que c'eft qu'un homme, tu me répondrois
que c'eft un François, & moi je te prouverai que c'eft plûtôt un Caftor ; car un homme n'eft pas homme à caufe qu'il eft planté
droit fur fes deux pieds, qu'il fçait lire & é-
crire, & qu'il a mille autres induftries. J'a-
pelle un homme celui qui a un penchant naturel à faire le bien & qui ne fonge jamais à
faire du mal. Tu vois bien que nous n'avons
point des Juges ; pourquoi ? parce que nous
n'avons point de querelles ni de procès. Mais
pourquoi n'avons-nous pas de procès ? C'eft
parce que nous ne voulons point recevoir ni
connoître l'argent. Pourquoi eft-ce que nous
ne voulons pas admettre cet argent ? c'eft
parce que nous ne voulons pas de loix, &
que depuis que le monde eft monde nos Peres ont vécu fans cela. Au refte, il eft faux,
comme je l'ai déja dit, que le mot de Loix
fignifie parmi vous les chofes juftes & raifonnables, puifque les riches s'en moquent &
qu'il n'y a que les malheureux qui les fuivent. Venons donc à ces loix ou chofes raifonnables. Il y a cinquante ans que les Gou-

verneurs de Canada prétendent que nous foïons fous les Loix de leur grand Capitaine. Nous nous contentons de nier nôtre dépendance de tout autre que du grand Efprit ; nous fommes nez libres & freres unis, auffi grands Maîtres les uns que les autres;au lieu que vous êtes tous des efclaves d'un feul homme. Si nous ne répondons pas que nous prétendons que tous les François dépendent de nous, c'eft que nous voulons éviter des quérelles. Car fur quels droits & fur quelle autorité fondent-ils cette prétention ? Eft-ce que nous nous fommes vendus à ce grand Capitaine ? Avons-nous été en France vous chercher ? C'eft vous qui êtes venus ici nous trouver. Qui vous a donné tous les païs que vous habitez ? De quel droit les poffédez-vous ? Ils apartiennent aux *Algonkins* depuis toûjours. Ma foi, mon cher Frere, je te plains dans l'ame ; croi-moi, fais-toi Huron ; car je voi la diférence de ma condition à la tienne. Je fuis maître de mon corps, je difpofe de moi-même , je fais ce que je veux, je fuis le premier & le dernier de ma Nation ; je ne crains perfonne , & ne dépends uniquement que du grand Efprit. Au lieu que ton corps & ta vie dépend de ton grand Capitaine, fon Viceroi difpofe de toi , tu ne fais pas ce que tu veux, tu crains voleurs, faux témoins, affaffins, &c. Tu dépends de mille gens que les Emplois ont mis au-deffus de toi. Eft-il vrai

ou non ? sont-ce des choses improbables &
invisibles ? Ha ! mon cher Frere, tu vois bien
que j'ai raison ; cependant tu aimes encore
mieux être Esclave François, que libre Huron ; O le bel homme qu'un François avec
ses belles Loix, qui croiant être bien sage est
assûrément bien fou ! puisqu'il demeure dans
l'esclavage & dans la dépendance, pendant
que les animaux mêmes joüissant de cette
adorable liberté, ne craignent, comme nous,
que des ennemis étrangers.

LAHONTAN.

En vérité, mon ami, tes raisonnemens
font aussi sauvages que toi. Je ne conçoi pas
qu'un homme d'esprit & qui a été en France
& à la Nouvelle Angleterre puisse parler de la
forte. Que te sert-il d'avoir vû nos Villes, nos
Forteresses, nos Palais, nos Arts, nôtre industrie & nos plaisirs ? Et quand tu parles de
Loix-sévéres, d'esclavage, & de mille autres
sottises, il est sûr que tu prêches contre ton
sentiment. Il te fait beau voir me citer la felicité des Hurons, d'un tas de gens qui ne font
que boire, manger, dormir, chasser, pêcher,
qui n'ont aucune commodité de la vie, qui
font quatre cens lieuës à pied pour aller assommer quatre Iroquois; en un mot, des hommes
qui n'en ont que la figure. Au lieu que nous
avons nos aises, nos commoditez, & mille
plaisirs, qui font trouver les momens de la
vie suportables, il ne faut qu'être honnête

homme & ne faire de mal à perfonne, pour
n'être pas expofé à ces Loix, qui ne font févéres qu'envers les fcélerats & les méchans.

ADARIO.

Vraîment, mon cher Frere, tu aurois beau
être honnête homme, fi deux faux témoins
avoient juré ta perte, tu verrois bien fi les Loix
font févéres ou non. Eft-ce que les coureurs de
bois ne m'ont pas cité vingt exemples de gens
innocens que vos Loix ont fait mourir cruelle-
ment, & dont on n'a reconnu l'innocence qu'a-
près leur mort. Je ne fçai pas fi cela eft vrai ;
mais je vois bien que cela peut être. Ne m'ont-
ils pas dit encore, quoique je l'euffe oüi conter
en France, qu'on fait fouffrir des tourmens
épouventables à de pauvres innocens, pour
leur faire avoüer, par la violence des tortures,
tout le mal qu'on veut qu'ils aient fait, & dix
fois d'avantage. O quelle tirannie exécrable !
Cependant les François prétendent être des
hommes. Les femmes ne font pas plus exemptes de cette horrible cruauté, & les uns & les
autres aiment mieux mourir une fois, que
cinquante ; ils ont raifon. Que fi, par une
force de courage extraordinaire, ils peuvent
fouffrir ces tourmens, fans avoüer ce crime
qu'ils n'ont pas commis ; quelle fanté, quelle
vie leur en refte-t'il ? Non, non, mon cher
Frere, les Diables noirs, dont les Jéfuites nous
parlent tant, ne font pas dans le Païs où les
ames brûlent ; ils font à Q : o : c & en France,

C 5

avec les Loix, les faux témoins, les commoditez de la vie, les Villes, les Forteresses, &
les plaisirs dont tu me viens de parler.

LAHONTAN.

Les Coureurs de Bois, & les autres qui
t'ont fait de semblables contes, sans te raconter sur cela ce qu'ils ne connoissoient pas, sont
des sots qui feroient mieux de se taire. Je veux
t'expliquer l'affaire comme elle est. Suposons
deux faux témoins qui déposent contre un
homme. On les met d'abord en deux Chambres séparées, où ils ne peuvent ni se voir ni
se parler. On les interroge ensuite diverses
fois l'un après l'autre, sur les mêmes décla-
rations qu'ils font contre l'Accusé; & les Juges ont tant de conscience qu'ils emploient
toute l'industrie possible pour découvrir si
l'un des deux, où tous les deux ensemble,
ne se coupent point. Si par hasard on découn-
vre de la fausseté dans leurs témoignages, ce
qui est aisé à voir, on les fait mourir sans ré-
mission. Mais s'il paroît qu'ils ne se contre disent en rien, on les presente devant l'Accusé pour sçavoir s'il ne les recuse pas, & s'il se
tient à leur conscience. S'il dit que oüi, &
qu'ensuite ces Témoins jurent par le grand
Dieu qu'ils ont vû tuër, violer, piller, &c. les
Juges le condamnent à mort : A l'égard de la
torture, elle ne se donne que quand il ne se
trouve qu'un seul témoin, parce qu'il ne sufit
pas, les Loix voulant que deux hommes

foient une preuve fufifante , & qu'un feul
homme foit une demi preuve ; mais il fau
que tu remarque que les Juges prennent
toute la précaution imaginable , de peur de
rendre d'injuftes jugemens.

ADARIO.

Je fuis auffi fçavant que je l'étois ; car au
bout du compte, deux faux témoins s'entendent bien , avant que de fe prefenter , & la
torture ne fe donne pas moins par la déclaration d'un fcelerat que par celle d'un honnête homme, qui , felon moi, cefferoit de l'ê-
tre par fon témoignage , quoiqu'il eut vû le
crime. Ah ! les bonnes gens que les François ,
qui, bien loin de fe fauver la vie les uns aux autres, comme freres, le pouvant faire, ne le f nt
pas. Mais , dis-moi, que penfe-tu de ces Juges ? Eft-il vrai qu'il y en ait de fi ignorans,
comme on dit , & d'autres fi méchans , que
pour un Ami, pour une Courtifane, pour un
grand Seigneur, ou pour de l'argent, ils jugent
injuftement contre leurs confciences ? Je te
voi déja prêt de dire que cela eft faux ; que
les Loix font des chofes juftes & raifonna-
bls. Cependant je fçai que cela eft auffi vrai
que nous fommes ici. Car celui qui a raifon
de demander fon bien à un autre qui le
pofféde injuftement , fait voir clair comme
le jour la vérité de fa caufe, n'attrape rien du
tout , fi ce Seigneur , cette Courtifane, cet
Ami & cet argent, parlent pour fa patrie , aux

Juges, qui doivent décider l'afaire. Il en est
de même pour les gens accufez de crime,
Ha ! vive les Hurons, qui fans Loix, fans
prifons, & fans tortures, paffent la vie dans
la douceur, dans la tranquillité, & joüiffent
d'un bonheur inconnu aux François. Nous
vivons fimplement fous les Loix de l'inftinct
& de la conduite innocente que la Nature
fage nous a imprimée dès le berceau. Nous
fommes tous d'accord & conformes en vô-
lontez, opinions & fentimens. Ainfi, nous
paffons la vie dans une fi parfaite intelligence,
qu'on ne voit parmi nous ni procez, ni dif-
pute, ni chicanes. Ha ! malheureux, que vous
êtes à plaindre d'être expofés à des Loix
aufquelles vos Juges ignorans, injuftes &
vicieux contreviennent autant par leur conduite particuliere qu'en l'a miniftration de
leurs charges. Ce font-là ces équitables Juges qui manquent de droiture, qui ne raportent leur emploi qu'à leurs intérêts, qui
n'ont en vûë que de s'enrichir, qui ne font
acceffibles qu'au démon de l'argent, qui
n'adminiftrent la juftice que par un principe
d'avarice, ou par paffion, qui autorifant le
crime exterminent la juftice & la bonne foi,
pour donner cours à la tromperie, à la chicane, à la longueur des procez, à l'abus & à
la violation des fermens, & à une infinité
d'autres défordres. Voilà ce que font ces
grands fouteneurs de belles Loix de la Nation Françoife.

Je t'ai déja dit qu'il ne faut pas croire
tout ce que les fottes gens difent ; tu t'amu-
fe à des ignorans qui n'ont pas la teinture
du fens commun, & qui te débitent des
menfonges pour des véritez. Ces mauvais
Juges, dont ils t'ont parlé, font auffi rares
que les Caftors blancs. Car on n'en trouveroit peut-être pas quatre dans toute la France.
Ce font des gens qui aiment la vertu, & qui
ont une ame à fauver comme toi & moi ; qui
en qualité de perfonnes publiques ont à répondre devant un Juge qui n'a point d'égard
à l'aparence des perfonnes, & devant lequel
le plus grand des Monarques n'eft pas plus
que le moindre des Efclaves. Il n'y en a prefque point qui n'aimât mieux mourir, que de
bleffer fa confcience & de violer les Loix ;
l'argent eft de la bouë pour eux, les femmes les échaufent moins que la glace, les
Amis & les grands Seigneurs ont moins de
pouvoir fur leur efprit, que les vagues contre les rochers ; ils corrigent le libertinage, ils reforment les abus, & ils rendent la
juftice à ceux qui plaident, fans qu'aucun
intérêt s'en mêle. Pour moi, j'ai perdu tout
mon bien en perdant trois ou quatre procez
à Paris, mais je ferois bien fâché de croire
qu'ils les ont mal jugés ; quoique mes Parties, avec de très-mauvaifes caufes, ne man-
quoient ni d'argent ni d'amis. Ce font les

Loix qui m'ont jugé, & les Loix font juftes
& raifonnables ; je croiois avoir raifon parce
que je ne les avois pas bien étudiées.

ADARIO.

Je t'avouë que je ne conçois rien à ce que
tu me dis ; car enfin je fçai le contraire, &
ceux qui m'ont parlé des vices de ces Juges
font affûrément des gens d'efprit & d'honneur ; mais quand perfonne me m'en auroit
informé, je ne fuis pas fi groffier que je ne
voie moi-même l'injuftice des Loix & des
Juges. Ecoute un peu, mon cher Frere ; allant un jour de Paris à Verfailles, je vis à
moitié chemin un Païfan qu'on alloit foüet-
ter pour avoir pris des perdrix & des liévres
à des lacets. J'en vis un autre entre la Rochelle & Paris qu'on condamna aux galéres,
parce qu'on le trouva faifi d'un petit fac de
fel. Ces deux miférables hommes furent châ-
tiez par ces injuftes Loix, pour vouloir faire
fubfifter leurs pauvres familles, pendant
qu'un million de femmes font des enfans en
l'abfence de leurs maris, que des Médecins
font mourir les trois quarts des hommes, &
que les joüeurs mettent leurs familles à la
mendicité, en perdant tout ce qu'ils ont au
monde, fans être châtiés. Où font donc ces
Loix juftes & raifonnables, où font ces Juges qui ont une ame à garder comme toi &
moi ? Après cela tu ofes encore dire que
les Hurons font des bêtes ! Vraîment, ce

feroit quelque chofe de beau fi nous allions
châtier un de nos Freres pour des liévres &
pour des perdrix ! Ce feroit encore une belle
chofe entre nous de voir nos femmes multiplier le nombre de nos enfans pendant que
nous allons en guerre contre nos ennemis.
Des Médecins empoifonner nos familles,
& des joüeurs perdre les Caftors de leurs
chaffes ; ce font pourtant des bagatelles en
France qui ne font point fujettes aux belles
Loix des François. En vérité, il y a bien de
l'aveuglement dans l'efprit de ceux qui nous
connoiffent & ne nous imitent pas.

LAHONTAN.

Tout beau, mon cher ami, tu vas trop
vîte, croi-moi, tes connoiffances font fi
bornées, comme je t'ai déja dit, que la portée de ton efprit n'envifage que l'aparence
des chofes. Si tu voulois entendre raifon,
tu concevrois d'abord que nous n'agiffons
que fur de bons principes, pour le main-
tien de la focieté. Il faut que tu fçaches
que les Loix condamnent les gens qui tombent dans les cas que tu viens de citer, fans
en excepter aucun. Premierement, les Loix
défendent aux Païfans de tuër ni liévres ni
perdrix, fur tout aux environs de Paris ; parce qu'ils en dépeupleroient le Roïaume, s'il
leur étoit permis de chaffer. Ces gens-là ont
reçû de leurs Seigneurs les terres dont ils
joüiffent, & ceux-ci fe font réfervé la chaffe,

comme leurs maîtres. Les Païfans leur font
un vol, & contreviennent en même-tems à
la défenfe établie par les Loix. De même
ceux qui tranfportent du fel, parce que c'eft
un droit qui apartient directement au Roi.
A l'égard des femmes & des joüeurs, dont
tu viens de parler, il faut que tu croies qu'on
les renferme dans des prifons & dans des convens, d'où ni les uns ni les autres ne fortent
jamais. Pour ce qui eft des Médecins, il ne
feroit pas jufte de les maltraiter, car de cent
malades ils n'en tuent pas deux, ils font ce
qu'ils peuvent pour nous guérir. Il faut bien
que les vieillards & les gens ufez finiffent.
Néanmoins quoique nous aions tous affaire
de ces Docteurs, s'il étoit prouvé qu'ils
euffent fait mourir quelqu'un par ignorance,
ou par malice, les Loix ne les épargneroient
pas plus que les autres; & les condamneroient
à des prifons perpetuelles, & peut être à
quelque chofe de pis.

ADARIO.

Il faudroit bien des prifons fi ces Loix
étoient obfervées; mais je vois bien que tu
ne dis pas tout, & que tu ferois fâché de
pouffer la chofe plus loin, de peur de trouver mes raifons fans replique. Venons maintenant à ces deux hommes qui fe fauvérent
l'année paffée à Quebec, pour n'être pas brû-
lés en France, & difons, en examinant le crime dont on les accufe, qu'il y a de bien fottes

Loix en Europe. Hé bien! ces deux François
font des prétendus Magiciens *Jongleurs*, on
les accufe d'avoir *jonglé*, quel mal ont-ils fait?
Ces pauvres gens ont peut-être eû quelque
maladie, qui leur a laiffé cette folie, comme
il arrive parmi nous. Dis-moi un peu, je te
prie, quel mal font nos *Jongleurs*? Ils s'en-
ferment feuls dans une petite cabane lorfqu'on
leur recommande quelque malade, ils y
chantent, ils crient, ils danfent, ils difent
cent extravagances; enfuite ils font connoître aux parens du malade qu'il faut faire un
feftin pour confoler le malade, foit de viande, foit de poiffon, felon le goût de ce *Jon-
gleur*, qui n'eft qu'un Médecin imaginaire,
dont l'efprit eft troublé par l'accident de
quelque fiévre chaude qu'il a effuiée. Tu vois
bien que nous nous raillons d'eux en leur
abfence, & que nous connoiffons leur fourberie; tu fçais encore qu'ils font comme
des infenfez dans leurs actions, comme dans
leurs paroles, qu'ils ne vont ni à la chaffe ni
à la guerre. Pourquoi brûlerions-nous les
pauvres gens qui parmi vous ont le même
malheur?

L A H O N T A N.

Il y a bien de la diféience de nos *Jongleurs*
aux vôtres; car ceux parmi nous qui le font,
parlent avec le méchant efprit, font des fe-
ftins avec lui, toutes les nuits, ils empêchent
un mari de careffer fa femme par leurs for-

tileges ; ils corrompent auſſi les filles ſages &
vertueuſes par un charme qu'ils mettent dans
ce qu'elles doivent boire ou manger. Ils
empoiſonnent les beſtiaux, ils font périr les
biens de la terre, mourir les hommes en langueur, bleſſer les femmes groſſes, & cent
autres maux que je ne te raconte pas. Ces
gens-là s'apellent Enchanteurs & Sorciers,
mais il y en a d'autres encore plus méchans ;
ce ſont les Magiciens. Ils ont des converſations familieres avec le méchant eſprit, ils le
font voir à ceux qui en ont la curioſité ſous
telle figure qu'ils veulent. Ils ont des ſecrets
pour faire gagner au jeu & enrichir ceux à
qui ils les donnent. Ils devinent ce qui doit
arriver ; ils ont le pouvoir de ſe métamor-
phoſer en toutes ſortes d'Animaux & de
figures les plus horribles ; ils vont en certaines maiſons faire des hurlemens affreux mê-
lez de cris & de plaintes effroïables, ils y paroiſſent tous en feu plus hauts que des arbres,
traînant des chaînes aux pieds, portant des
ſerpens dans la main ; enfin ils épouventent
tellement les gens, qu'on eſt obligé d'aller
chercher les Prêtres pour les exorciſer,
croiant que ce ſont des ames qui viennent du
Purgatoire en ce monde, y demander quelques Meſſes, dont elles ont beſoin pour aller
, ⸱üir de la vûë de Dieu. Il ne faut donc pas
que tu t'étonnes ſi on les fait brûler ſans ré-
miſſion, ſelon les Loix dont nous parlons.

ADARIO.

Quoi ! feroit-il poſſible que tu croïes ces
bagatelles ? Il faut aſſurément que tu railles,
pour voir ce que je répondrai. C'eſt aparem-
ment de ces contes que j'ai vû dans les fables d'Eſope , livres où les Animaux parlent.
Il y a ici des Coureurs de Bois qui les liſent
tous les jours , & je me trompe fort ſi ce que
tu viens de me raconter n'y eſt écrit. Car
il faudroit être fou pour croire ſérieuſement,
que le méchant Eſprit , ſupoſé qu'il ſoit vrai
qu'il y en ait un, tel que les Jéſuites me l'ont
dépeint, eût le pouvoir de venir ſur la Terre.
Si cela étoit , il y feroit aſſez de mal lui-même , ſans le faire faire à ces Sorciers , & s'il ſe
communiquoit à un homme il ſe communi-
queroit bien à d'autres ; & comme il y a
plus de méchans hommes que de bons parmi vous , il n'y en a pas un qui ne voulût
être ſorcier ; alors tout ſeroit perdu, le monde ſeroit renverſé; en un mot ce ſeroit un déſ-
fordre irrémédiable. Sçais-tu bien , mon Frere, que c'eſt faire tort au grand Eſprit de croire ces ſotiſes; car c'eſt l'accuſer d'autoriſer les
méchancetez & d'être la cauſe directe de toutes celles que tu viens de raconter , en per-
mettant à ce méchant Eſprit de ſortir de l'enfer. Si le grand Eſprit eſt ſi bon que nous
le ſçavons toi & moi, il ſeroit plus croia-
ble qu'il envoiât de bonnes Ames ſous d'a-
gréables figures, reprocher aux hommes leurs

mauvaifes actions & les inviter à l'amiable
de pratiquer la vertu, en leur faifant une
peinture du bonheur des Ames qui font heu-
reufes dans le bon Païs où elles font. A l'é-
gard de celles qui font dans le Purgatoire
fi tant eft qu'il y ait un tel lieu, il me femble que le grand Efprit n'a guére befoin
d'être prié par des gens, qui ont affez affaire de prier pour eux-mêmes; & qu'il pourroit bien leur donner la permiffion d'aller au
Ciel, s'il leur acorde celle de venir fur la Terre. Ainfi, mon cher Frere, fi tu me parle
férieufement de ces chofes, je croirai que
tu rêves, ou que tu as perdu le fens. Il faut
qu'il y ait quelque autre méchanceté dans l'a-
cufation de ces deux *Jongleurs*, ou bien vos
Loix & vos Juges font auffi fort déraifon-
nables. La conclufion que je tirerois de ces
méchancetez, fi elles étoient vraies, c'eft que
puifqu'on ne voit rien de femblable chez
aucun peuple de Canada, il faut abfolument
que ce méchant Efprit ait un pouvoir fur
vous, qu'il n'a pas fur nous. Cela étant,
nous fommes donc de bonnes gens, & vous
tout au contraire pervers, malicieux & adonnez à toutes fortes de vices & de méchancetez. Mais finiffons, je te prie, fur cette matiere, dont je ne veux entendre aucune replique; & dis-moi, à propos de Loix; pourquoi elles foufrent qu'on vende les filles
pour de l'argent, à ceux qui veulent s'en-

servir ? Pourquoi on permet certaines Maisons publiques , où les putains & les maque-
relles s'y trouvent à toute heure pour toute
sorte de.gens? Pourquoi on permet de porter
l'épée aux uns, pour tuër ceux à qui il est
défendu d'en porter ? Pourquoi permet on
encore de vendre du vin au dessus de certaine
quantité, & dans.lequel on met mille drogues
qui ruïnent la santé ? Ne vois-tu pas les malheurs qui arrivent ici , comme à Quebec,
par les ivrognes ? Tu me répondras, comme
d'autres ont déja fait , qu'il est permis au
Cabaretier de vendre le plus de marchandise
qu'il peut pour gagner sa vie , que celui qui
boit doit se conduire lui-même, & se modérer sur toutes choses. Mais je te prouverai
que cela est impossible , parce qu'on a perdu la raison avant qu'en puisse s'en apercevoir , ou du moins elle demeure si afoiblie,
qu'on ne connoît plus ce qu'on doit faire.
Pourquoi ne défend on pas aussi les jeux ex-
cessifs qui traînent mille maux après eux. Les
Peres ruïnent leurs familles , comme je t'ai
déja dit . les enfans volent leurs Peres ou les
endetent ; les filles & les femmes se vendent
quand elles ont perdu leur argent, après avoir
consumé leurs meubles & leurs habits ; delà
viennent des disputes, des meurtres, des inimitiez & des haines irréconciliables. Voilà,
mon Frere , des défenses inutiles chez les
Hurons, mais qu'on dévroit bien faire dans

le Païs des François ; ainfi peu à peu réfor-
mant les abus que l'intérêt a introduit parmi
vous , j'efpererois que vous pourriez un jour
vivre fans loix , comme nous faifons.

LAHONTAN.

Je t'af déja dit une fois ; qu'on châtioit
les Joüeurs , on en ufe de même envers les
Maquereaux & les Courtifanes , fur tout envers les Cabaretiers, lorfqu'il arrive du défordre chez eux. La diférence qu'il y a , c'eft que
nos Villes fent fi grandes & fi peuplées, qu'il
n'eft pas facile aux Juges de découvrir les méchancetez qu'on y fait. Mais cela n'empêche pas que les Loix ne les défendent , &
on fait tout ce qu'on peut pour remédier à
ces maux. En un mot , on travaille avec
tant de foin & d'aplication à détruire les mauvaifes coûtumes , à établir le bel ordre par
tout , à punir le vice & à récompenfer le
mérite , que , pour peu que tu vouluffes te
défaire de tes mauvais préjugez , & confi-
dérer à fond l'excellence de nos Loix, tu ferois obligé d'avoüer que les François font
gens équitables , judicieux & fçavans , qui
fuivent mieux que vous autres les véritables
régles de la Juftice & de la raifon.

ADARIO.

Je voudrois bien avoir occafion de le croire avant que de mourir , car j'aime naturellement les bons François ; mais j'apré-
hende bien de n'avoir pas cette confolation.

Il faut donc que vos Juges commencent les premiers à suivre les Loix , pour donner exemple aux autres , qu'ils ceſſent d'oprimer les Veuves , les Orphelins & les miſerables; qu'ils ne faſſent pas languir les procès des Plaideurs , qui font des voiages de cent lieuës; en un mot , qu'ils jugent les cauſes de la même maniere que le grand Eſprit les jugera. Que vos Loix diminuënt les tributs & les impoſitions que les pauvres gens font obligés de paier , pendant que les riches de tous états ne paient rien à proportion des biens qu'ils poſſedent. Il faut encore que vous défendiez aux coureurs de Bois d'aporter de l'eau de vie dans nos Villages pour arrêter le cours des ivrogneries qui s'y font. Alors j'eſpererai que peu-à-peu vous vous perfectionnerez , que l'égalité de biens pourra venir peu-à-peu , & qu'à la fin vous déteſterez cet intérêt qui cauſe tous les maux qu'on voit en Europe ; anſi n'aiant ni *tien* ni *mien* , vous vivrez avec la même felicité des Hurons C'en eſt aſſez pour aujourd'hui. Voilà mon Eſclave qui vient m'avertir qu'on m'attend au Village. Adieu , mon cher Frére , juſqu'à demain.

LAHONTAN.

Il me ſemble , mon cher Ami , que tu ne viendrois pas de ſi bonne heure chez moi, ſi tu n'avois envie de diſputer encore. Pour moi , je te déclare , que je ne veux plus entrer en matiere avec toi , puiſque tu n'eſt pas

capable de concevoir mes raisonnemens, tu
es si fort prévenu en faveur de ta Nation, si
fort préocupé de tes manieres sauvages, &
si peu porté à examiner les nôtres, comme
il faut, que je ne daignerai plus me tuër
le corps & l'ame, pour te faire connoître
l'ignorance & la misere dans lesquelles on
voit que les Hurons ont toûjours vécu.
Je suis ton Ami, tu le sçais ; ainsi je n'ai
d'autre intérêt que celui de te montrer le
bonheur des François ; afin que tu vives
comme eux, aussi-bien que le reste de ta
Nation. Je t'ai dit vingt fois que tu t'ataches
à considerer la vie de quelques méchans
François, pour mesurer tous les autres à
leur aulne ; je t'ai fait voir qu'on les châtioit ;
tu ne te paie pas de ces raisons-là, tu t'ob-
stines par des répoises injurieuses à me dire
que nous ne sommes rien moins que des
hommes. Au bout du compte je suis las d'entendre des pauvretez de la bouche d'un
homme que tous les François regardent
comme un très-habile Personnage. Les gens
de ta Nation t'adorent tant par ton esprit,
que par ton experience & ta valeur. Tu es
Chef de guerre & Chef de Conseil ; &
sans te flatter, je n'ai guére vû de gens au
monde plus vifs & plus pénétrans que tu
l'es ; ce qui fait que je te plains de tout
mon cœur, de ne vouloir pas te défaire de
tes préjugez.

ADA.

Tu as tort, mon cher Frere, en tout ce
que tu dis, car je ne mé fuis formé aucune
fauſſe idée de vôtre Religion ni de vos Loix;
l'exemple de tous les François en général,
m'engagera toute ma vie, à conſidérer toutes leurs actions, comme indignes de l'homme. Ainſi mes idées ſont juſtes, mes préjugez ſont bien fondez, je ſuis prêt à prouver
ce que j'avance. Nous avons parlé de Religion & de Loix, je ne t'ai répondu que le
quart de ce que je penſois ſur toutes les raiſons que tu m'as alleguées; tu blâmes nôtre
maniere de vivre ; les François en général
nous prennent pour des Bêtes, les Jéſuites
nous traitent d'impies, de foux, d'ignorans &
de vagabons, & nous vous regardons tous ſur
le même pied. Avec cette diférence que nous
nous contentons de vous plaindre, ſans vous
dire des injures. Ecoute, mon cher Frere,
je te parle ſans paſſion, plus je réfléchis
à la vie des Européens & moins je trouve
de bonheur & de ſageſſe parmi eux. Il y a
ſix ans que je ne fais que penſer à leur état.
Mais je ne trouve rien dans leurs actions qui
ne ſoit au-deſſous de l'homme, & je regarde comme impoſſible que cela puiſſe être au-
trement, à moins que vous ne veüilliez vous
réduire à vivre ſans le *Tien* ni le *Mien*,
comme nous faiſons. Je dis donc que ce que
vous apellez argent, eſt le démon des dé-

Tome III.   D

mons , le Tiran des François ; la source des
maux ; la perte des ames & le sepulcre des
vivans. Vouloir vivre dans les Païs de l'argent & conserver son ame , c'est vouloir se
jetter au fond du Lac pour conserver sa vie ;
or ni l'un ni l'autre ne se peuvent. Cet argent est le Pere de la luxure , de l'impudi-
cité, de l'artifice, de l'intrigue, du mensonge,
de la trahison , de la mauvaise foi , & généralement de tous les maux qui sont au monde. Le Pere vend ses enfans , les Maris vendent leurs Femmes , les Femmes trahissent
leurs Maris , les Freres se tuent , les Amis se
trahissent , & tout pour de l'argent : Dis-
moi, je te prie , si nous avons tort après cela de ne vouloir point ni manier , ni même
voir ce maudit argent.

L A H O N T A N.

Quoi ! sera-t-il possible que tu raisonneras
toûjours si sottement ? au moins écoute une
fois en ta vie avec attention ce que j'ai envie de te dire. Ne vois-tu pas bien , mon
Ami , que les Nations de l'Europe ne pourroient pas vivre sans l'or & l'argent , ou quelque autre chose précieuse. Deja les Gentilshommes , les Prêtres , les Marchands & mille
autres sortes de gens qui n'ont pas la force de
travailler à la terre, mouroient de faim. Comment nos Rois seroient-ils Rois ? Quels soldats auroient-ils ? Qui est celui qui voudroit
travailler pour eux , ni pour qui que ce soit ?

Qui eſt celui qui ſe riſqueroit ſur la mer?
Qui eſt celui qui fabriqueroit des armes pour
d'autres que pour ſoi ? Croi-moi , nous ſerions perdus ſans reſſource , ce ſeroit un Ca-
hos en Europe , une confuſion la plus épouventable qui ſe puiſſe imaginer.

ADARIO.

Vraiment tu me fais-là de beaux contes,
quand tu parles des Gentilshommes, des Marchands & des Prêtres ! eſt-ce qu'on en verroit
s'il n'y avoit ni *Tien* ni *Mien* ? Vous ſeriez
tous égaux , comme les Hurons le ſont entr'eux ; ce ne ſeroit que les trente premieres
années après le banniſſement de l'intérêt
qu'on verroit une étrange déſolation ; car
ceux qui ne ſont propres qu'à boire, manger,
dormir, & ſe divertir, mouroient en langueur,
mais leurs décendans vivroient comme nous.
Nous avons aſſez parlé des qualitez qui doivent compoſer l'homme intérieurement ,
comme ſont la ſageſſe, la raiſon, l'équité, &c.
qui ſe trouvent chez les Hurons. Je t'ai fait
voir que l'intérêt les détruit toutes chez
vous ; que cet obſtacle ne permet pas à celui
qui connoît cet intérêt d'être homme raiſon-
nable. Mais voions ce que l'homme doit être
extérieurement ; Premierement , il doit ſçavoir marcher, chaſſer , pécher , tirer un coup
de fléche ou de fuſil , ſçavoir conduire un
Canot, ſçavoir faire la guerre, connoître les
bois, être infatiguable , vivre de peu dans

D 2

l'occafion , conftruire des Cabanes & des Canots , faire , en un mot , tout ce qu'un Huron
fait. Voilà ce que j'apelle un homme. Car,
dis-moi , je te prie , combien de millions de
gens y a-t il en Europe , qui , s'ils étoient
trente lieuës dans des Forêts , avec un fufil ou
des fléches , ne pourroient ni cu. ier de quoi
fe nourrir , ni même trouver le chemin d'en
fortir. Tu vois que nous traverfons cent
lieuës de bois fans nous égarer, que nous tuons
les oifeaux & les animaux à coups de fléches,
que nous prenons du poiffon par tout où il
s'en trouve , que nous fuivons les hommes
& les bêtes fauves à la pifte , dans les prairies & dans les bois , l'Eté comme l'Hiver,
que nous vivons de racines , quand nous
fommes aux portes des Iroquois , que nous
fçavons manier la hache & le coûteau , pour
faire mille ouvrages nous-mêmes. Car , fi
nous faifons toutes ces chofes , pourquoi ne
les feriez-vous pas comme nous ? N'êtes-vous
pas auffi grands , auffi forts , & auffi robuftes ? Vos Artifans ne travaillent-ils pas à des
ouvrages incomparablement plus difficiles &
plus rudes que les nôtres ? Vous vivriez tous
de cette maniere-là , vous feriez auffi grands
maîtres les uns que les autres. Vôtre richeffe
feroit , comme la nôtre, d'acquérir de la gloire dans le métier de la guerre , plus on prendroit d'efclaves, moins on travailleroit; en un
mot , vous feriez auffi heureux que nous.

LAHONTAN.

Apelles-tu vivre heureux, d'être obligé
de gîter sous une miferable Cabane d'écorce,
de dormir fur quatre mauvaifes couvertures
de Caftor, de ne manger que du rôti & du
boüilli, d'être vétu de peaux, d'aller à la chaffe des Caftors, dans la plus rude faifon de l'année; de faire trois cens lieuës à pied dans des
bois épais, abatus & inacceffibles, pour chercher les Iroquois; aller dans de petits canots
fe rifquer à périr chaque jour dans vos grands
Lacs, quand vous voiagez. Coucher fur la
dure à la belle étoile, lorfque vous apro-
chez des Villages de vos ennemis: être contraints le plus fouvent de courir fans boire
ni manger, nuit & jour, à toute jambe, l'un
deçà, l'autre de-là, quand ils vous pourfui-
vent, d'être réduits à la derniere des miferes,
fi par amitié & par commiferation les Coureurs de Bois n'avoient la charité de vous
porter des fufils, de la poudre, du plomb,
du fil à faire des filets, des haches, des cou-
teaux, des aiguilles, des alefnes, des ame-
çons, des chaudieres, & plufieurs autres
marchandifes.

ADARIO.

Tout beau, n'allons pas fi vîte, le jour
eft long, nous pouvons parler à loifir, l'un
après l'autre. Tu trouves, à ce que je vois,
toutes ces chofes bien dures. Il eft vrai qu'elles feroient extrémement pour ces François,

qui ne vivent, comme les bêtes, que pour
boire & manger, & qui n'ont été élevez
que dans la molleſſe : mais dis-moi, je t'en
conjure, qu'elle diférence il y a de coucher
ſous une bonne Cabane, ou ſous un Palais,
de dormir ſur des peaux de Caſtors, ou ſur
des matelats entre deux draps ; de manger
du rôti & du boüilli ; où de ſales pâtez, &
ragoûts, aprêtez par des Marmitons craſſeux?
En ſommes-nous plus malades ou plus incommodez que les François qui ont ces Palais, ces lits, & ces Cuiſiniers ? Hé ! combien y a en t-il parmi vous qui couchent ſur
la paille, ſous des toits ou des greniers que
la pluie traverſe de toutes parts, & qui ont
de la peine à trouver du pain & de l'eau ? J'ai
été en France, j'en parle pour l'avoir vû.
Tu critique nos habits de peaux, ſans raiſon, car ils ſont plus chauds & réſiſtent
mieux à la pluie que vos draps ; outre qu'ils
ne ſont pas ſi ridiculement faits que les vôtres, auſquels on emploie ſoit aux poches,
ou aux côtez, autant d'étoffe qu'au corps de
l'habit. Revenons à la chaſſe du Caſtor du-
vant l'hiver, que tu regardes comme une
choſe affreuſe, pendant que nous y trouvons
toute ſorte de plaiſir & les commoditez d'a-
voir toutes ſortes de marchandiſes pour leurs
peaux. Déja nos eſclaves ont la plus grande
peine, ſi tant eſt qu'il y en ait, tu ſçais que
la chaſſe eſt le plus agréable divertiſſemens

que nous aions : celle de ces Animaux étant
tout-à-fait plaifante , nous l'eftimons auffi
plus que tout autre. Nous faifons , dis-tu ,
une guerre pénible ; j'avouë que les François y périroient, parce qu'ils ne font pas accoûtumez de faire de fi grands voiages à
pied ; mais ces courfes ne nous fatiguent nullement ; il feroit à fouhaiter pour le bien
de Canada que vous euffiez nos talens. Les
Iroquois ne vous égorgeroient pas , comme
ils font tous les jours au milieu de vos Ha-
bitations. Tu trouves auffi que le rifque de
nos petits Canots dans nos Voiages eft une
fuite de nos miferes ; il eft vrai que nous
ne pouvons pas quelquefois nous difpenfer
d'aller en Canot. Puifque nous n'avons pas
l'induftrie de bâtir des Vaiffeaux ; mais ces
grands Vaiffeaux que vous faites ne périffent
pas moins que nos Canots ; tu nous repro-
ches encore que nous couchons fur la dure à
la belle étoile , quand nous fommes au
pied des Villages des Iroquois ; j'en conviens ; mais auffi je fçai bien que les foldats
en France ne font pas fi commodément que
les tiens font ici, & qu'ils font bien contraints
de fe gîter dans les Marais & dans les foffez
à la pluie & au vent. Nous nous enfuïons ,
ajoûte-tu , à toute jambe ; il n'y a rien de fi
naturel , quand le nombre des ennemis eft
triple , que de s'enfuir ; à la vérité la fatigue de courir nuit & jour , fans manger , eft

terrible ; mais il vaut mieux bien prendre ce
parti que d'être efclave. Je croi que ces
extrémitez feroient horribles pour des Européens, mais elle ne font quafi rien à nôtre é-
gard. Tu finis en concluant que les François
nous tirent de la mifere, par la pitié qu'ils ont
de nous. Et comment faifoient nos Peres, il
y a cent ans, en vivoient-ils moins fans leurs
marchandifes : au lieu de fufils, de poudre,
& de plomb, ils fe fervoient de l'arc & des fléches, comme nous faifons encore. Ils faifoient
des rets avec du fil d'écoree d'arbre; ils fe fervoient des haches de pierre ; ils faifoient des
coûteaux, des aiguilles, des alefnes, &c.
avec des os de cerf ou d'élan ; au lieu de
chaudiere on prencit des pots de terre. Si
nos Peres fe font paffez de toutes ces marchandifes, tant de fiécles, je croi que nous
pourrions bien nous en paffer plus facilement
que les François ne fe pafferoient de nos Caftors, en échange defquels, par bonne amitié,
ils nous donnent des fufils qui eftropient, en
crevant, plufieurs Guerriers, des haches qui
caffent en taillant un arbriffeau, des coûteaux qui s'émouffent en coupant une ci-
troüille, du fil moitié pourri, & de fi méchan-
te qualité, que nos filets font plûtôt ufez qu'a-
chevez ; des chaudieres fi minces que la feule
pefanteur de l'eau en fait fauter le fond. Voilà, mon Frere, ce que j'ai à te répondre fur
les miferes des Hurons.

LAHONTAN.

Hé bien, te veux donc que je croie les
Hurons infenfibles à leurs peines & à leurs
travaux, & qu'aiant été élevez dans la pauvreté & les foufrances, ils les envifagent
d'un autre œil que nous ; cela eft bon pour
ceux qui n'ont jamais forti de leur païs,
qui ne connoiffent point de meilleure vie que
la leur, & qui n'aiant jamais été dans nos
Villes, s'imaginent que nous vivons comme eux ; mais pour toi, qui as été en France, à Quebec, & dans la Nouvelle Angleterre, il me femble que ton goût & ton difcer-
nement font bien fauvages, de ne pas trouver l'état des Européens préférable à celui
des Hurons. Y a-t-il de vie plus agréable &
plus délicieufe au monde, que celle d'un
nombre infini de gens riches à qui rien ne
manque ? Ils ont de beaux Caroffes, de belles Maifons ornées de tapifferies & de ta-
bleaux magnifiques, de beaux Jardins, où
fe cueillent toutes fortes de fruits, des Parcs
où fe trouvent toutes fortes d'animaux ; des
Chevaux & des Chiens pour chaffer, de l'argent pour faire groffe chere, pour aller aux
Comédies & aux jeux, pour marier richement leurs enfans ; ces gens font adorez de
leurs dépendans. N'as tu pas vû nos Princes, nos Ducs, nos Maréchaux de France,
nos Prélats & un milion de gens de toutes
fortes d'états qui vivent comme des Rois ;

D 5

à qui rien ne manque , & qui ne se souvien-
nent d'avoir vécu que quand il faut mourir ?

A D A R I O.

Si je n'étois pas si informé que je le suis
de tout ce qui se passe en France , & que mon
voiage de Paris ne m'eût pas donné tant de
connoissances & de lumieres , je pourrois me
laisser aveugler par ces aparences extérieures
de félicité , que tu me representes ; mais ce
Prince , ce Duc , ce Maréchal , & ce Prélat,
qui sont les premiers que tu me cites , ne sont
rien moins qu'heureux, à l'égard des Hurons,
qui ne connoissent d'autre félicité que la
tranquillité d'ame & la liberté. Or ces grands
Seigneurs se haïssent intérieurement les uns
les autres, ils perdent le sommeil, le boire &
le manger pour faire leur cour au Roi, pour
faire des piéces à leurs ennemis; ils se font des
violences si fort contre nature, pour feindre,
déguiser, & soufrir, que la douleur que l'ame
en ressent surpasse l'imagination. N'est-ce
rien , à ton avis, mon cher Frere, que d'avoir
cinquante serpens dans le cœur? Ne vaudroit-
il pas mieux jetter Carosses, dorures, Palais,
dans la riviere, que d'endurer toute sa vie tant
de martires? Sur ce pied-là j'aimerois mieux si
j'étois à leur place, être Huron, avoir le corps
nud, & l'ame tranquille. Le corps est le logement de l'ame , qu'importe que ce corps soit
doré, étendu dans un Carosse, assis à une table, si cette ame le tourmente, l'afflige & le

déſole? Ces grands Seigneurs, dis-je, ſont ex-
poſez à la diſgraçe du Roi, à la médiſance de
mille ſortes de perſonnes, à la perte de leurs
Charges, au mépris de leurs ſemblables; en
un mot leur vie molle eſt traverſée par l'ambition, l'orgueil, la préſomption & l'envie.
Ils ſont eſclaves de leurs paſſions & de
leur Roi, qui eſt l'unique François heureux, par raport à cette adorable liberté dont
il joüit tout ſeul. Tu vois que nous ſommes
un millier d'hommes dans nôtre Village, que
nous nous aimons comme Freres, que ce
qui eſt à l'un eſt au ſervice de l'autre, que
les Chefs de guerre, de Nation & de Conſeil, n'ont pas plus de pouvoir que les autres
Hurons; qu'on n'a jamais vû de quérélles ni
de médiſances parmi nous; qu'enfin chacun
eſt maître de ſoi-même, & fait tout ce qu'il
veut, ſans rendre compte à perſonne, & ſans
qu'il y trouve à redire. Voilà, mon Frere, la diférence qu'il y a de nous à ces Princes, à ces Ducs, &c. laiſſant à part tous ceux
qui étant au-deſſous d'eux doivent, par con-
ſéquent, avoir plus de peines, de chagrin
& d'embarras.

LAHONTAN.

Il faut que tu croie, mon cher Ami, que
comme les Hurons ſont élevez dans la fatigue & dans la miſere, ces grands Seigneurs
le ſont de même dans le trouble, dans l'ambition, & ils ne vivroient pas ſans cela; &
D 6

comme le bonheur ne confiste que dans l'i-
magination, ils fe nourriffent de vanité. Chacun d'eux s'eftime dans le cœur autant que
le Roi. La tranquillité d'ame des Hurons
n'a jamais voulu paffer en France, de peur
qu'on ne l'enfermât aux petites Maifons.
Etre tranquille en France, c'eft être fou,
c'eft être infenfible, idolent. Il faut toûjours
avoir quelque chofe à fouhaiter pour être
heureux ; un homme qui fçauroit fe borner
feroit Huron. Or perfonne ne le vcut être ;
la vie feroit ennuieufe fi l'efprit ne nous portoit à defirer à tout moment quelque chofe
de plus que ce que nous poffedons : & c'eft
ce qui fait le bonheur de la vie, pourvû que
ce foit par des voies légitimes.

A D A R I O.

Quoi ! n'eft-ce pas plûtôt mourir en vivant,
que de tourmenter fon efprit à toute heure,
pour acquérir des biens, ou des honneurs, qui
nous dégoûtent dés que nous en joüiffons ?
d'afoiblir fon corps & d'expofer fa vie pour
former des entreprifes qui échoüent le plus
fouvent ? Et puis tu me viendras dire que ces
grands Seigneurs font élevez dans l'ambition,
& dans le trouble, comme nous dans le travail & la fatigue. Belle comparaifon pour
un homme qui fçait lire & écrire ! Dis-moi,
je te prie, ne faut-il pas, pour fe bien porter,
que le corps travaille & que l'efprit fe repô-
fe ? Au contraire, pour détruire fa fanté,

que le corps se repose , & que l'esprit agis-
se ? Qu'avons-nous au monde de plus cher
que la vie ? Pourquoi n'en pas profiter ? Les
François détruisent leur santé par mille cau-
ses diférentes ; & nous conservons la nôtre
jusqu'à ce que nos corps soient usez ; parce
que nos ames exemptes de passions ne peuvent altérer ni troubler nos corps. Mais enfin les François hâtent le moment de leur
mort par des voies légitimes ; voilà ta con-
clusion ; elle est belle , assûrément , & digne
de remarque ! Crois-moi ; mon cher Frere ,
songe à te faire Huron pour vivre long-tems.
Tu boiras , tu mangeras , tu dormiras , &
tu chasseras en repos ; tu seras délivré des
passions qui tiranisent les François ; tu n'auras que faire d'or , ni d'argent , pour être
heureux ; tu ne craindras ni voleurs , ni as-
sassins , ni faux témoins ; & si tu veux deve-
nir le Roi de tout le monde , tu n'auras qu'à
t'imaginer de l'être , & tu le feras.

L'AHONTAN.

Ecoute ; il faudroit pour cela que j'eusse
commis en France de si grands crimes qu'il
ne me fût permis d'y revenir que pour y être
brûlé ; car , après tout , je ne vois point de mé-
tamorphose plus extravagante à un François
que celle de Huron. Est-ce que je pourrois
résister aux fatigues dont nous avons parlé ?
Aurois-je la patience d'entendre les sots raisonnemens de vos vieillards & de vos jeunes

gens, comme vous faites, fans les contredire ? Pourro s je vivre de boüillons, de pain,
de bled d'Inde, de rôti & boüilli, fans poivre ni fel ? Pourrois je me colorer le vifage
de vingt fortes de couleurs, comme un fou ?
Ne boire que de l'eau d'erable ? Aller tout
nû durant l'Eté, me fervir de vaiffelle de
bois. M'accommoderois je de vos repas con-
tinuels, où trois ou quatre cens perfonnes fe
trouvent pour y danfer deux heures devant
& après ? Vivrois-je avec des gens fans civilité, qui, pour tout compliment, ne fçavent
qu'un *je t'honore*. Non, mon cher *Adario*, il
eft impoffible qu'un François puiffe être Huron, au lieu que le Huron fe peut faire ai-
fement François.

A D A R I O.

A ce compte-là tu préféres l'efclavage à la
liberté ; je n'en fuis pas furpris, après toutes les chofes que tu m'as foûtenuës. Mais,
fi par hafard tu rentrois en toi-même, &
que tu ne fuffe pas fi prévenu en faveur des
mœurs & des maniéres des François, je ne
voi pas que les dificultez dont tu viens de
faire mention, fuffent capables de t'empêcher de vivre comme nous. Quelle peine
trouves-tu d'aprouver les contes des vieilles
gens, comme des jeunes ? N'as-tu pas la même contrainte quand les Jéfuites & les gens
qui font au-deffus de toi, difent des extravagances ? Pourquoi ne vivrois-tu pas de

boüillons de toutes fortes de bonnes viandes ?
Les Perdrix , poulets d'Inde , liévres , ca-
nards , chévreüils ne font-ils pas bons rôtis
& boüillis ? A quoi fert le poivre , le fel &
mille autres épiceries , fi ce n'eft à ruïner la
fanté ? Au bout de quinze jours tu ne fon-
gerois plus à ces drogues. Quel mal te feroient les couleurs fur le vifage ? Tu te
mets bien de la poudre & de l'effence aux
cheveux , & même fur les habits ? N'ai-je
pas vû des François qui portent des mou-
ftaches , comme les chats , toutes couvertes
de cire ? Pour la boiffon d'eau d'érable elle
eft douce , falutaire , de bon goût & fortifie
la poîtrine : je t'en ai vû boire plus de quatre fois. Au lieu que le vin & l'eau-de-
vie détruifent la chaleur naturelle , afoi-
bliffent l'eftomac , brûlent le fang , en-
yvrent , & caufent mille défordres. Quelle peine aurois-tu d'aller nû pendant qu'il
fait chaud ? Au moins tu vois que nous ne le
fommes pas tant que nous n'aions le devant
& le derriere couverts. Il vaut bien mieux
aller nû que de fuër continuellement fous
le fardeau de tant de vétemens les uns fur
les autres. Quel embarras trouves-tu encore de manger , chanter & danfer en bonne
Compagnie ? Cela ne vaut-il pas mieux que
d'être feul à Table , ou avec des gens qu'on
n'a jamais ni vûs ni connus ? Il ne refteroit
plus donc qu'à vivre fans complimene , avec

des gens incivils. C'est une peine qui te paroît assez grande, qui cependant ne l'est point.
Dis-moi, la civilité ne se réduit-elle pas à la
bienséance & à l'affabilité ? Qu'est-ce que
bienséance ? N'est-ce pas une gêne perpétuel-
le, & une affectation fatiguante dans ses paroles, dans ses habits, & dans sa contenance ?
Pourquoi donc aimer ce qui embarasse ?
Qu'est-ce que l'affabilité ? N'est-ce pas assûrer
les gens de nôtre bonne volonté à leur rendre
service, par des caresses & d'autres signes
extérieurs ? Comme quand vous dites à tout
moment, *Monsieur, je suis vôtre serviteur,*
vous pouvez disposer de moi. A quoi toutes
ces paroles aboutissent-elles ? Pourquoi mentir à tout propos, & dire le contraire de ce
qu'on pense ? Ne te semble-t'il pas mieux de
parler comme ceci. *Te voilà donc, sois le*
bien venu, car je t'honore : N'est-ce pas une
grimace éfroïable, que de plier dix fois son
corps, baisser la main jusqu'à terre, de dire
à tous momens, *je vous demande pardon,* à
vos Princes, à vos Ducs, & autres dont nous
venons de parler ? Sçache, mon Frere, que
ces seules soûmissions me dégoûteroient entierement de vivre à l'Européene, & puis tu
me viendras dire, qu'un Huron, se feroit ai-
sément François ! il trouveroit bien d'autres
dificultez que celles que tu viens de dire.
Car supposons que dès demain je me fisse
François, il faudroit commencer par être

Chrétien , c'eſt un point dont nous parlâmes
aſſez il ÿ a trois jours. Il faudroit me faire
faire la barbe tous les trois jours , car aparem-
ment dès que je ſerois François, je deviendrois
velu & barbu comme une bête ; cette ſeule incommodité me paroît rude. N'eſt-il pas plus
avantageux de n'avoir jamais de barbe , ni de
poil au corps ? As-tu vû jamais de Sauvage qui
en ait eû ? pourrois je m'accoûtumer à paſſer deux heures à m'habiller , à m'accommoder , à mettre un habit Lleu , des bas rouges ,
un chapeau noir , un plumet blanc , & des rubans verts ? Je me regarderois moi-même
comme un fou. Et comment pourrois-je chanter dans les ruës , danſer levant les miroirs ,
jetter ma perruque tantôt devant, tantôt derriere ? Et comment me réduirois-je à faire des
révérences & des proſternations à de ſuperbes
foux ; en qui je ne connoîtrois d'autre mérite que celui de leur naiſſance & de leur fortune ? Comment verrois-je languir les néceſſi-
teux , ſans leur donner tout ce qui ſeroit à
moi ? Comment porterois-je l'épée ſans exter-
miner un tas de ſcélerats qui jettent aux Galéres mille pauvres étrangers , les Algérens ,
Salteins, Tripolins , Turcs , qu'on prend ſur
leurs Côtes, & qu'on vient vendre à Marſeil-
le pour les Galéres , qui n'aiant jamais fait de
mal à perſoune ſont enlévez impitoïablement
de leur Païs natal , pour maudire mille fois le
jour , dans les chaînes , pere & mere , vie ,

naiſſance, l'Univers & le grand effort. Ainſi
languiſſent les Iroquois qu'on y envoia il y a
deux ans. Me ſeroit-il poſſible de faire ni dire
du mal de mes amis, de careſſer mes ennemis,
de m'enivrer par compagnie, de mépriſer
& bafoüer les malheureux, d'honorer les
méchans & de traiter avec eux ; de me réjoüir
du mal d'autrui, de loüer un homme de ſa
méchanceté ; d'imiter les envieux, les traî-
tres, les flâteurs, les inconſtans, les menteurs, les orgueilleux, les avares, les inté-
reſſez, les raporteurs & les gens à double intention ? Aurois-je l'indiſcretion de me vanter
de ce que j'aurois fait, & de ce que je n'aurois pas fait ? Aurois je la baſſeſſe de ramper
comme une couleuvre aux pieds d'un Seigneur, qui ſe fait nier par ſes valets ? Et comment pourrois-je ne me pas rebuter de ſes
refus ? Non, mon cher Frere, je ne ſçaurois
être François ; j'aime bien mieux être ce que
je ſuis, que de paſſer ma vie dans ces chaînes.
Eſt-il poſſible que nôtre liberté ne t'enchante
pas ! peut-on vivre d'une maniere plus aiſée
que la nôtre ? Quand tu viens pour me voir
dans ma cabane, ma femme & mes filles ne te
laiſſent-elles pas ſeules aveo moi, pour ne pas
interrompre, nos converſations ? De même,
quand tu viens voir ma femme, ou mes filles
ne te laiſſe-t'on pas ſeul avec celle des deux que
tu viens viſiter ? N'es-tu pas le maître en quelque cabane du Village où tu puiſſes aller, de

demander à manger de tout ce que tu sçais y
avoir de meilleur ? Y a-t'il des Hurons qui
aient jamais refusé à quelque autre sa chasse,
ou sa pêche, ou toute ou en partie ? Ne coti-
sons-nous pas entre toute la Nation les Castors
de nos chasses, pour supléer à ceux qui m'en
ont pû prendre suffisamment pour acheter
les marchandises dont ils ont besoin ? N'en
usons-nous pas de même de nos bleds d'Inde,
envers ceux dont les champs n'ont sçû rapor-
ter des moissons suffisantes pour la nourriture
de leurs familles ? Si quelqu'un d'entre-nous
veut faire un canot, ou une nouvelle cabane, chacun n'envoie-t'il pas ses esclaves pour
y travailler, sans en être prié ? Cette vie-là
est bien diférente de celle des Européans,
qui feroient un procez pour un bœuf ou pour
un cheval à leurs plus proches parens ? Si un
fils demande à son pere, ou le pere à son fils,
de l'argent, il dit qu'il n'en a point ; si deux
François qui se connoissent depuis vingt ans,
qui boivent & mangent tous les jours ensemble, s'en demandent aussi l'un à l'autre, ils
disent qu'ils n'en ont point. Si de pauvres
misérables, qui vont tout nuds, décharnez,
dans les ruës, mourans de faim & de misére,
mendient une obole à des riches, ils leur
répondent qu'ils n'en ont point. Après cela,
comment avez-vous la présomption de prétendre avoir un libre accez dans le Païs du
grand Esprit ? Y a-t'il un seul homme au-

monde qui ne connoiſſe, que le mal eſt contre nature, & qu'il n'a pas été créé pour le faire? Quelle eſpérance peut avoir un Chrétien à ſa mort, qui n'a jamais fait de bien en ſa vie? Il faudroit qu'il crût que l'ame meurt avec le corps. Mais je ne croi pas qu'il ſe trouve des gens de cette opinion. Or ſi elle eſt immortelle, comme vous le croiez, & que vous ne vous trompiez pas dans l'opinion que vous avez de l'enfer & des péchez qui conduiſent ceux qui les commettent, en ce Païs-là, vos ames ne ſe chaufferont pas mal.

LAHONTAN.

Ecoute, Adario, je croi qu'il eſt inutile que nous raiſonnions davantage; je vois que tes raiſons n'ont rien de ſolide; je t'ai dit cent fois que l'exemple de quelques méchantes gens, ne concluoit rien; tu t'imagines qu'il n'y a point d'Européen qui n'ait quelque vice particulier caché ou connu; j'aurois beau te prêcher le contraire d'ici à demain, ce ſeroit en vain : car tu ne mets aucune diférence de l'homme d'honneur au ſcélerat. J'aurois beau te parler dix ans de ſuite, tu ne démordrois jamais de la mauvaiſe opinion que tu t'es formée, & des faux préjugez touchant nôtre Religion, nos Loix, & nos manieres. Je voudrois qu'il m'eût coûté cent Caſtors que tu ſçuſſe auſſi-bien lire & écrire qu'un François; je ſuis perſuadé que tu n'inſiſte-

rois plus à méprifer fi vilainement l'heureu-
fe condition des Européens. Nous avons vû
en France des *Chinois* & des *Siamois* qui font
des gens du bout du monde, qui font en
toutes chofes plus opofez à nos manieres
que les Hurons; & qui cependant ne fe pouvoient laffer ni d'admirer vôtre maniere de
vivre. Pour moi, je t'avouë que je ne conçois rien à ton obftination.

A D A R I O.

Tous ces gens-là ont l'efprit auffi mal tourné que le corps. J'ai vû certains Ambaffadeurs
de ces Nations dont tu parles. Les Jéfuites de
Paris me racontérent quelque hiftoire de
leurs Païs. Ils ont le *tien* & le *mien* entr'eux,
comme les François; ils connoiffent l'argent
auffi-bien que les François; & comme ils font
plus brutaux, & plus intéreffez que les François, il ne faut pas trouver étrange qu'ils aient
aprouvé les manieres des gens qui les traitant
avec toute forte d'amitié, leur faifoient encore des prefens à l'envi les uns des autres. Ce
n'eft pas fur ces gens-là que les Hurons fe ré-
gleront. Tu ne dois pas t'offenfer de tout ce
que je t'ai prouvé; je ne méprife point les
Européens, en leur prefence; je me contente
de les plaindre. Tu as raifon de dire que je ne
fais point de diférence de ce que nous apellons homme d'honneur à un brigand. J'ai bien
peu d'efprit, mais il y a affez de tems que je
traite avec les François, pour fçavoir ce qu'ils

entendent par ce mot d'homme d'honneur.
Ce n'eſt pas pour le moins un Huron; car un
Huron ne connoît point l'argent, & ſans argent on n'eſt pas homme d'honneur parmi
vous. Il ne me ſeroit pas dificile de faire un
homme d'honneur de mon eſclave; je n'ai
qu'à le mener à Paris, & lui fournir cent pa-
quets de Caſtors pour la dépenſe d'un caroſſe,
& de dix ou douze valets, il n'aura pas plûtôt
un habit doré avec tout ce train, qu'un chacun le ſaluëra, qu'on l'introduira dans les
meilleures tables, & dans les plus célébres
compagnies. Il n'aura qu'à donner des repas
aux Gentilshommes, des preſens aux Dames,
il paſſera par tour pour un homme d'eſprit,
de mérite & de capacité; on dira que c'eſt
le Roi des Hurons; on publiera par tout que
ſon Païs eſt couvert de mines d'or, que c'eſt
le plus puiſſant Prince de l'Amérique; qu'il
eſt ſçavant; qu'il dit les plus agréables choſes
du monde en converſation; qu'il eſt redouté
de tous ſes voiſins; enfin ce ſera un homme
d'honneur, tel que la plûpart des laquais le
deviennent en France; après qu'ils ont ſçû
trouver le moien d'attraper aſſez de richeſſes
pour paroître en ce pompeux équipage, par
mille voies infâmes & déteſtables. Ha! mon
cher Frere, ſi je ſçavois lire, je découvri-
rois de belles choſes, que je ne ſçai pas, &
tu n'en ſerois pas quitte pour les défauts que
j'ai remarquez parmi les Européans; j'en

aprendrois bien d'autres, en gros & en détail, alors je croi qu'il n'y a point d'état ou
de vocation fur lefquels je ne trouvaffe bien
à mordre. Je croi qu'il vaudroit bien mieux
pour les François qu'ils ne fçuffent ni lire ni
écrire ; je voi tous les jours mille difputes
ici entre les coureurs de bois pour les écrits,
lefquels n'aportent que des chicanes & des
procez. Il ne faut qu'un morceau de papier,
pour ruïner une famille, avec une lettre
la femme trahit fon mari, & trouve le
moien de faire ce qu'elle veut ; la mere vend
fa fille ; les fauffaires trompent qui ils veulent. On écrit tous les jours dans des livres
des menteries, & des impertinences horribles ; & puis tu voudrois que je fçuffe lire
& écrire, comme les François? Non, mon
Frere, j'aime mieux vivre fans le fçavoir,
que de lire & d'écrire des chofes que les
Hurons ont en horreur. Nous avons affez de
nos *Hiéroglifes* pour ce qui regarde la chaffe
& la guerre ; tu fçais bien que les caractéres
que nous faifons autour d'un arbre pelé, en
certains paffages, comprennent tout le fuccez
d'une chaffe, ou d'un parti de guerre ; que
tous ceux qui voient ces marques les entendent. Que faut-il davantage? La communauté
de biens des Hurons n'a que faire d'écriture,
il n'y a ni pofte, ni chevaux dans nos Forêts
pour envoier des cour rs à Quebec ; nous
faifons la paix & la guerre fans écrit, feule-

ment par des Ambaſſadeurs qui portent la
parole de la Nation. Nos limites ſont réglez
auſſi ſans écrits. A l'égard des ſciences que
vous connoiſſez, elles nous ſeroient inutiles;
car pour la *Géographie*, nous ne voulons pas
nous embaraſſer l'eſprit en liſant des livres de
Voiages qui ſe contrediſent tous, & nous ne
ſommes pas gens à quitter nôtre Païs dont
nous connoiſſons, comme tu ſçais, juſqu'au
moindre petit ruiſſeau, à quatre cens lieuës
à la ronde. *l'Aſtronomie* ne nous eſt pas
plus avantageuſe, car nous comptons les
années par Lunes, & nous diſons *j'ai tant
d'Hivers* pour dire tant d'années. La *Navigation* encore moins, car nous n'avons point de
Vaiſſeaux. Les *Fortifications* non plus, un
Fort de ſimples paliſſades nous garantit des
fléches & des ſurpriſes de nos ennemis, à qui
l'artillerie eſt inconnuë. En un mot, vivant
comme nous vivons, l'écriture ne nous ſer-
viroit de rien. Ce que je trouve de beau,
c'eſt *l'Arithmétique*; il faut que je t'avouë
que cette ſcience me plaît infiniment, quoique pourtant ceux qui la ſçavent ne laiſſent
pas de faire de grandes tromperies; auſſi je
n'aime de toutes les vocations des François,
que le commerce, car je le regarde comme la
plus légitime, & qui nous eſt la plus néceſſai-
re. Les Marchands nous font plaiſir; quelques-uns nous portent quelquefois de bonnes
marchandiſes, il y en a de bons & d'équitables,

bles, qui se contente de faire un petit gain. Ils
risquent beaucoup; ils avancent, ils prêtent.
Ils attendent; enfin je connois bien des Né-
gocians qui ont l'ame juste & raisonnable; &
à qui nôtre Nation est très-redevable ; d'autres pareillement qui n'ont pour but que de
gagner excessivement sur des marchandises de
belle aparence, & de peu de raport , comme
sur les haches , les chaudieres , la poudre ,
les fusils, &c. que nous n'avons pas le talent
de connoître. Cela te fait voir qu'en tous les
états des Européans, il y a quelque chose à
redire ; il est très-constant que si un Marchand n'a pas le cœur droit, & s'il n'a pas
assez de vertu pour résister aux tentations diverses ausquelles le négoce l'expose, il viole
à tout moment les Loix de la justice , de l'é-
quité, de la charité, de la sincérité, & de la
bonne foi. Ceux-là sont méchans , quand ils
nous donnent de mauvaises marchandises ,
en échange de nos Castors , qui sont des
peaux où les aveugles mêmes ne sçauroient
se tromper en les maniant. C'est assez , mon
cher Frere, je me retire au Village, où je t'at-
tendrai demain après-midi.

LAHONTAN.

Je viens, Adario, dans ta Cabane , pour
y visiter ton grand-Pere qu'on m'a dit être à
l'extrémité. Il est à craindre que ce bon
Vieillard ne soit long-tems incommodé de la
douleur dont il se plaint. Il me semble qu'un

homme comme lui de soixante & dix ans
pourroit bien s'empêcher d'aller encore à la
chasse des Tourterelles. J'ai remarqué, depuis long-tems que vos vieilles gens sont toûjours en mouvement, & en action ; c'est le
moien d'épuiser bien vîte le peu de forces
qu'il leur reste : Ecoute, il faut envoier un
des Esclaves chez mon Chirurgien, qui entend assez bien la médecine, & je suis assûré
qu'il le soûlagera dans le moment ; sa fiévre
est si peu de chose qu'il n'y a pas lieu d'a-
prehender pour sa vie, à moins qu'elle n'aug-
mente.

A D A R I O.

Tu sçais bien, mon cher Frere, que je
suis l'ennemi capital de vos Médecins, depuis que j'ai vû mourir entre leurs mains
dix ou douze personnes, par la tirannie de
leurs remédes. Mon Grand - Pére que tu
prens pour un homme de soixante & dix
ans en a 98. il s'est marié à 30. ans. Mon
Pere en a 52. & j'en ai 35. il est vrai
qu'il est d'un bon temperamment & qu'on
ne lui donneroit pas cet âge-là en Europe, où les gens finissent de meilleure heure. Je te ferai voir quatorze ou quinze
Vieillards, un de ces jours, qui passent
cent années, un qui en a cent vingt & quatre, & il en est mort un autre, il y a six
ans, qui en avoit près de cent quarante : A
l'égard de l'agitation que tu condamnes dans

ces vieilles gens, je puis t'affûrer qu'au contraire s'ils demeuroient couchez fur leurs nat-
tes, dans la Cabane, & qu'ils ne fissent que
boire, manger & dormir, ils deviendroient
lourds, pefans, & incapables d'agir; & ce
repos continuel empêchant la transpiration
infenfible, les humeurs, qui pour lors cesse-
roient de transpirer, fe remêleroient avec leur
fang ufé; de-là furviendroit que par des effets naturels leurs jambes & leurs reins s'a-
foibliroient & fe décherroient à tel point
qu'ils mourroient de phtifie. C'est ce que
nous avons obfervé depuis long-tems, chez
toutes les Nations de Canada. Les *Jongleurs*
doivent venir tout à l'heure pour le *Jongler*,
& fçavoir quelle viande ou poiffon fa maladie
requiert pour fa guérifon. Voilà mes Efclaves prêts pour aller à la chaffe, ou à la pêche.
Si tu veux bien t'entretenir un couple d'heures avec moi, tu verras les fingeries de ces
Charlatans, que, quoique nous les connoif-
fions pour tels lorfque nous fommes en fanté, nous fommes ravis & confolez de les
voir quand nous avons quelque maladie dangereufe.

LAHONTAN.

C'est qu'alors, mon cher Adario, nôtre
efprit est auffi malade que nôtre corps; il
en est de même de nos Médecins, tel les dé-
tefte, & les fuït, quand il fe porte bien, qui,
malgré la connoiffance de leur Art incertain,

ne laiſſe pas d'en convoquer une douzaine :
& d'autres, qui ſans avoir d'autre mal que
celui qu'ils s'imaginent avoir, détruiſent
leurs corps par des remedes auſquels la force des chevaux ſuccomberoit. J'avouë que
parmi vous autres on ne voit point de ces ſortes de foux-là ; mais, en récompenſe, vous
ménagez bien peu vôtre ſanté ; car vous cou-
rez à la chaſſe depuis le matin juſqu'au ſoir
tous nûs ; & vous danſez trois ou quatre
heures de ſuite juſqu'à la ſueur ; & les jeux
de la balle que vous diſputez entre ſix ou ſept
cens perſonnes, pour la pouſſer une demi-
lieuë de terrain deçà ou delà, fatiguent extrêmement vos corps ; ils en affoibliſſent les
parties ; ils diſſipent les eſprits ; ils aigriſſent
la maſſe du ſang & des humeurs, & troublent la liaiſon de leurs principes. Ainſi,
tel homme, parmi vous, qui auroit vécu plus
de cent ans, eſt mort à quatre-vingt.

ADARIO.

Quand même ce que tu dis ſeroit vrai,
qu'importe-t'il à l'homme de vivre ſi long-
tems ? puiſqu'au deſſus de quatre-vingts la
vie eſt une mort ? Tes raiſons ſont, peut-être,
juſtes à l'égard des François qui généralement
pareſſeux déteſtent tout exercice violent ;
ils ſont de la nature de nos vieillards, qui vivent dans une ſi molle indolence, qu'ils ne
ſortent de leurs Cabanes que lorſque le feu
s'y met. Nos tempéramens & nos Com-

pléxions font auffi diférentes des vôtres que
la nuit du jour. Et cette grande diférence
que je remarque généralement en toutes chofes entre les Européans & les Peuples du
Canada, me perfuaderoit quafi que nous ne
defcendons pas de vôtre Adam prétendu. Déja parmi nous on ne voit quafi jamais ni boffus,
ni boiteux, ni nains, ni fourds, ni muets,
ni aveugles de naiffance, encore moins de
Borgnes; & quand ces derniers viennent au
monde, c'eft un préfage affûré de malheur à
la Nation; comme nous l'avons fouvent
obfervé. Tout borgne n'eût jamais d'efprit,
ni de droiture de cœur. Au refte, malicieux,
paillard, & pareffeux au dernier point; plus
poltron que le liévre; n'allant jamais à la
chaffe, de crainte de crever fon œil unique à
quelque branche d'arbre. A l'égard des maladies, nous ne voions jamais d'hydropiques
d'afmatiques, de paralitiques, de goûteux,
ni de véroles, nous n'avons ni lépre, ni
dartres, ni tumeurs, ni rétentions d'urines, ni
pierres, ni gravelles, au grand étonnement
des François, qui font fi fujets à ces maux-
là. Les fiévres régnent parmi nous, fur tout
au retour de quelque voiage de guerre, pour
avoir couché au ferain, traverfé dès marais
& des rivieres à guai, jeûné deux ou trois
jours, mangé froid, &c. Quelquefois les
pleurefies nous font mourir, parce qu'étant
échauffez à courir à la guerre, ou à la chaffe,

E 3

nous bûvons des eaux dont nous ne connoiffons point la qualité ; les coliques nous at-
taquent aufli de tems en tems , par la même caufe. Nous fommes fujets à la rou-
geole & à la petite vérole , foit parce que
nous mangeons tant de poiſſon, que le fang
qu'il produit diférent de celui des viandes ,
boult dans fes vaiſſeaux avec plus d'activité ,
& fe défendant de fes parties épaiſſes & grof-
fiéres, il les pouſſe vers les pores infenſibles
de la peau ; ou parce que le mauvais air , qui
eft renfermé dans nos Villages, n'aiant point
de fenêtres à nos Cabanes , il fe fait tant de
feux & de fumée, que le peu de proportion
que les parties de cet air renfermé ont avec
celles du fang & des humeurs , nous caufent
ces infirmitez. Voilà les feules que nous con-
noiſſions.

LAHONTAN.

Voilà , mon cher Adario , la premiere
fois que tu as raifonné jufte , depuis le tems
que nous nous entretenons enfemble. Je conviens que vous êtes exempts d'une infinité
de maux dont nous fommes accablez ; c'eſt
par la raifon que tu me dis l'autre jour, que
pour fe bien porter , il faut que l'efprit fe
repofe. Les Hurons étant bornez à la fimple connoiſſance de la chaſſe , ne fatiguent
pas leur efprit & leur fanté à la recherche
de mille belles Sciences, par les veilles, par
la perte du fommeil, par les fueurs. Un

homme de guerre s'attache à lire & à aprendre l'hiftoire des guerres du monde , l'art de
fortifier , d'attaquer , & défendre des Places;
il y emploie tout fon tems , encore n'en
trouve-t'il pas de refte , durant fa vie , pour
fe rendre tel qu'il doit être ; l'homme d'E-
glife s'emploie nuit & jour à l'étude de la
Théologie , pour le bien de la Religion ; il
écrit des livres qui inftruifent le peuple des
affaires du falut , & donnant les heures , les
jours , les mois & les années de fa vie à Dieu,
il en reçoit defeternitez de récompenfe après
fa mort. Les Juges s'apliquent à connoître
les Loix ; ils paffent les jours & les nuits à
l'examen des procès , ils donnent des audien-
ces continuelles à mille Plaideurs , qui les
accablent inceffamment , & à peine ont ils le
loifir de boire & de manger. Les Médecins
étudient la fcience de rendre les hommes im-
mortels ; ils vont & viennent de malade en
malade, d'Hôpital en Hôpital, pour examiner
la nature & la caufe des diférentes maladies;ils
s'atachent à connoître la qualité des drogues,
des herbes , des fimples , par milles expé-
riences rares & curieufes. Les Cofmogra-
phes & les Aftronomes fe donnent entiére-
ment au foin de découvrir la figure, la grandeur , la compofition du Ciel & de la Terre ;
les uns connoiffent jufqu'à la moindre é-
toile du Firmament , leurs cours , leur é-
loignement , leur afcenfions & leurs décli-

E 4

naitions ; les autres fçavent faire la difference
des Climats, & de la position du Globe de
la Terre ; ils connoiffent les mers, les lacs,
les rivieres, les Ifles, les Golfes, les diftan-
ces d'un Païs à l'autre, toutes les Nations
du monde leur font connuës, auffi-bien
que leurs réligions, leurs loix, leurs langues,
leurs mœurs, & leur gouvernement. Enfin,
tous les autres Sçavans qui s'attachent avec
trop d'aplication à la connoiffance des Sciences, qu'ils recherchent, ruïnent entierement
leur fanté. Car il ne fe fait au cerveau d'efprits animaux qu'autant que le cœur lui
fournit de matiere, par cette fubtile portion
de fang qui lui eft portée par les artéres ; &
le cœur, qui eft un mufcle, ne peut lancer le
fang à tout le corps que par le moien des efprits animaux ; or quand l'ame eft tranquille, telle qu'eft la tienne, il en communique à toutes les parties, autant qu'elles en
ont befoin pour faire les actions aufquelles
la Nature les a deftinées ; au lieu que dans
la profonde aplication des Sciences, étant a-
gitée d'une foule de penfées, elle diffipe
beaucoup de ces efprits, & dans les longues veilles & dans la gêne de l'imagination ;
Ainfi tout ce que le cerveau en peut former fuffit à peine aux parties qui fervent
aux deffeins de l'ame pour faire les mou-
vemens précipitez qu'elle leur demande ; &
ne coulant que fort peu de ces efprits dans.

les nerfs qui les portent aux parties qui
ſervent à nous faire digérer ce que nous
mangeons , leurs fibres ne peuvent être
mûs que très-foiblement ; ce qui eſt cauſe que les actions ſe font mal , que la
coction eſt imparfaite , que les ſéroſitez ſe
ſéparant du ſang , & s'épanchant ſur la
tête , ſur le corps , ſur les nerfs , ſur la
poitrine , & ailleurs , cauſent la goute, l'hidropiſie , la paraliſie , & les autres maladies
que tu viens de nommer.

A D A R I O.

A ce compte-là , mon cher Frere , il n'y
auroit que les ſçavans qui en ſeroient attaquez. Sur ce pied-là tu conviendras qu'il vaudroit mieux être Huron , puiſque la ſanté
eſt le plus précieux de tous les biens. Je ſçai
pourtant que ces maladies n'épargnent perſonne , & qu'elles ſe jettent auſſi bien ſur les
Ignorans , que ſur les autres. Ce n'eſt pas
que je nie ce que tu dis ; car je voi bien que
les travaux de l'eſprit affoibliſſent extrêmement le corps , & même je m'étonne , cent
fois le jour , que vôtre complexion ſoit aſſez
forte pour réſiſter aux violentes ſecouſſes que
le Chagrin vous donne, lorſque vos affaires re
vont pas bien. J'ai vû des François qui
s'arrachoient les cheveux , d'autres qui pleu-
roient & crioient comme des femmes qu'on
brûleroit ; d'autres qui ont paſſé deux jours
ſans boire ni manger , dans une ſi grande co-

E 5

lere qu'ils rompoient tout ce qu'ils trouvoient fous la main. Cependant la fanté de
ces gens là n'en paroiffoit pas alterée. Il faut
qu'ils foient d'une autre nature que nous ; car
il n'y a pas de Huron qui ne crevât le lendemain , s'il avoit la centiéme partie de ces
tranfports ; oüi vraiment il faut que vous
foiez d'une autre nature que nous ; car vos
vins ; vos eaux de vie , & vos épiceries nous
rendent malades à mourir : au lieu que fans
ces drogues vous ne fçauriez prefque pas vivre en fanté. D'ailleurs, vôtre fang eft falé ,
& le nôtre ne l'eft pas. Vous êtes barbus ,
& nous ne le fommes pas. Voici ce que
j'ai encore obfervé , c'eft que jufqu'à l'âge
de trente-cinq ou quarante ans , vous êtes
plus forts & plus robuftes que nous. Car
nous ne fçaurions porter des fardeaux fi pefans que vous faites , jufqu'à cet âge là ; mais
enfuite les forces diminuënt chez vous , en
déclinant à vûë d'œuil ; au lieu que les nôtres
fe confervent jufqu'à cinquante-cinq ou foi-
xante ans. C'eft une verité dont nos Filles peuvent rendre un fidéle témoignage. Elles difent que fi un jeune François les embraffe fix
fois la nuit , un jeune Huron n'en fait que
la moitié ; mais auffi elles avoüent que les
François font plus vieux en ce commerce à
l'âge de trente cinq ans , que nos Hurons à
l'âge de cinquante. Cet aveu de nos belles
Filles (à qui l'excez de vos jeunes gens plaît

beaucoup plus que la modération des nôtres)
m'a conduit à cette réfléxion ; qui eſt que cette goutte, cette hidropiſie, phtiſie, paraliſie,
pierre, gravele & ces autres maladies, dont
nous avons parlé, proviennent, ſans doute,
non ſeulement de ces plaiſirs immodérez,
mais encore du temps & de la maniere dont
vous les prenez. Car au ſortir du repas, &
à l'iſſuë d'une corvée de fatigue, vous em-
braſſez vos femmes, autant que vous pouvez, ſur des chaiſes, ou debout, ſans conſi-
derer le dommage qui en réſulte : témoins
ces jeunes gaillards, qui fon ſervir leur table de Lit, au Village de *Doſenra*. Vous
êtes encore ſujets à deux maladies que nous
ne connoiſſons pas ; l'une que les Ilinois appellent *Mal chaud*, dont ils font attaquez,
auſſi bien que les Peuples du *Miſſiſſipi*, laquelle maladie paſſe chez vous pour le mal
des femmes ; & l'autre que vous appellez
Scorbut & que nous apellons *le mal froid*,
par les ſimptomes & les cauſes de ces maladies, que nous avons obſervées depuis que
les François ſont en Canada. Voilà bien
des maladies qui régnent parmi vous autres,
& dont vous avez bien de la peine à guerir.
Vos Médecins vous tuënt, au lieu de vous
redonner la ſanté ; parce qu'ils vous donnent
des remédes qui, pour leur intérêt, entretien-
nent long-temps vos maladies, & vous tuënt
à la fin. Un Médecin ſeroit toûjours gueu
E. 6.

s'il guérissoit les malades en peu de temps. Ces gens là n'ont garde d'aprouver nôtre manière de suër, ils en connoissent trop bien la conséquence ; & quand on leur en parle, voici ce qu'ils disent. *Il n'y a que des fous capables d'imiser les fous ; les Sauvages ne sont pas apellez Sauvages pour rien ; leurs remédes ne sont pas moins sauvages qu'eux : s'il est vrai qu'ils suent, & se jettent ensuite dans l'eau froide ou dans la neige, sans crever sur le champ, c'est à cause de l'air, du climat, & des alimens de ces Peuples, qui sont diférens des nôtres : mais cela n'empêche pas que tel Sauvage est mort à 80. ans qui en auroit vécu 100. s'il n'avoit pas usé de ce reméde épouventable.* Voilà ce que disent vos Médecins, pour empêcher que vos Peuples d'Europe se trouvent en état de se passer de leurs remédes. Or, il est constant que si de temps en temps vous vouliez suer de cette maniere, vous vous porteriez le mieux du monde, & tout ce que le vin, les épiceries, les excez de femmes, de veilles, & de fatigues pourroient engendrer de mauvaises humeurs dans le sang, sortiroient par les pores de la chair. Alors, adieu la médecine & tous ses poisons. Or, ce que je te dis, mon cher frere, est plus clair que le jour ; ce raisonnement n'est pas pour les ignorans. Car ils ne parleroient que de pleuresies & de rhumatismes à l'issuë de ce remede. C'est une cho-

ſe étrange qu'on ne veüille pas écouter la
réponſe que nous faiſons à l'objection que
vos Médecins nous font ſur cette maniére
de ſuer. Il eſt conſtant, mon cher Frére,
que la Nature eſt une bonne Mére, qui voudroit que nous vécuſſions éternellement. Cependant nous la tourmentons ſi violemment
qu'elle ſe trouve quelquefois tellement affoi-
blie, qu'à peine a-t-elle la force de nous ſe-
courir. Nos débauches & nos fatigues en-
gendrent de mauvaiſes humeurs, qu'elle voudroit pouvoir chaſſer de nos corps, s'il lui
reſtoit aſſez de vigueur pour en ouvrir les
portes, qui ſont les pores de la chair. Il eſt
vrai qu'elle en chaſſe autant qu'elle peut par
les urines, par les ſelles, par la bouche, par
le nez, & par la tranſpiration inſenſible;
mais la quantité des ſéroſitez eſt quelquefois
ſi grande; qu'elles ſe répandent ſur toutes les
parties du corps, entre cuir & chair. Alors
il s'agit de les faire ſortir au plus vîte, de
peur que leur trop long ſéjour ne cauſe
cette goûte, rumatiſme, hidropiſie, paraliſie, & toutes les autres maladies qui peuvent altérer la ſanté de l'homme. Pour cet
effet, il faut donc ouvrir ces pores par le
moien de la ſueur; mais il faut enſuite les
fermer afin que le ſuc nouriſſier ne ſorte pas
en même temps par le même chemin ouvert.
Ce qu'on ne ſçauroit empêcher à moins qu'on
ne ſe jette dans l'eau froide, comme nous

faifons. Il en eſt de même que ſi des loups
étoient entrez dans vos Bergeries ; alors
vous ouvririez vîte les portes , afin que ces
méchans animaux en fortiſſent ; mais enſuite
vous ne manqueriez pas de les fermer , afin
que vos Moutons ne les ſuiviſſent pas. Vos
Médecins auroient raiſon de dire qu'un homme qui s'échauferoit à la chaſſe ou à quelque
exercice violent , & ſe jetteroit enſuite dans
l'eau froide , ſe riſqueroit extrêmement à
perdre la vie. C'eſt un fait inconteſtable ,
car le ſang étant agité & boüillant , pour ainſi dire , dans les veines , il ne manqueroit pas
de ſe congeler , de la même maniere que l'eau
boüillante ſe congéle plus facilement que
l'eau froide , lorſqu'on l'expoſe à la gelée , ou
qu'on la jette dans une fontaine bien froide.
C'eſt tout ce que je puis penſer ſur cette affaire. Au reſte , nous avons des maladies qui font
également ordinaires aux François. Ce font
la petite vérole , les fiévres , pleureſies & même nous voions aſſez ſouvent parmi nous
une eſpece de malades que vous apellez
hypocondriaques. Ces foux s'imaginent qu'un
petit *Manitou* gros comme le poing , & que
nous apellons *Aoutaerohi* , en nôtre langue ,
les poſſede , & qu'il eſt dans leurs corps , ſur
tout dans quelque membre qui leur fait tant
ſoit peu de mal. Ceci provient de la foi-
bleſſe d'eſprit de ces gens-là , car enfin ,
il y a des ignorans & des foux parmi nous ,

comme parmi vous autres. Nous voions
tous les jours des Hurons de cinquante ans,
qui ont moins d'esprit & de discernement
que des jeunes filles. Il y en a de supersti-
cieux, comme parmi vous autres. Car
ils croient premiérement que l'esprit des son-
ges est l'Ambassadeur & le Messager, dont
le grand Esprit se sert pour avertir les hommes de ce qu'ils doivent faire. A l'égard
de nos *Jongleurs*, ce sont des Charlatans
& des Imposteurs, comme vos Médecins;
avec cette différence qu'ils se contentent
de faire bonne chere aux dépens des malades, sans les envoier dans l'autre monde,
en reconnoissance de leur festin & de leurs
présens.

L A H O N T A N.

Ha! pour-le coup, mon intime Adario,
je t'honore au de là de tout ce que je pourrois t'exprimer; car tu raisonnes comme
il faut. Jamais tu n'as mieux parlé. Tout
ce que tu dis des sueurs est effectivement
vrai. Je le connois par experience tellement
bien, que de ma vie je n'userai d'autre reméde que de celui-là. Mais je ne sçaurois
souffrir pourtant que tu te récries si fort con-
tare la saignée; car il me souvient que tu me
dis, il a quinze jours, cent raisons sur la
nécessité de conserver nôtre sang, puisqu'il
est le trésor de la vie. Je ne te contredirai
pas tout-à-fait sur cela, mais je te dirai

pourtant que vos remédes contre les pleurefies
& les fluxions ne réüffiffent quelquefois que
par hazard ; puifque de vingt malades il
en meurt quinze ; au lieu que la faignée ne
manque jamais alors de les guérir. J'avoüe
qu'en les guériffant par cette voye-là, on a-
brége leurs jours ; & que tel homme qui a
été plus ou moins faigné, auroit vécu plus
ou moins d'années qu'il n'a fait. Mais enfin,
on ne confidére pas toutes ces chofes quand on
eft malade, on ne fonge qu'à guérir, à quelque prix que ce foit, & chacun recherche
la fanté aux dépens de quelques années de
vie de plus ou de moins, qu'on perd avec
la perte de fon fang. Enfin, tout ce que
je puis remarquer, c'eft que les Peuples de
Canada font d'une meilleure compléxion que
ceux de l'Europe, plus infatigables, & plus
robuftes ; accoûtumez aux fatigues, aux
veilles & aux jeûnes, & plus infenfibles au
froid & à la chaleur. De forte qu'étant
exempts des paffions qui tourmentent nos
ames, ils font en même temps à couvert des
infirmitez dont nous fommes accablez. Vous
êtes gueux & miférables ; mais vous joüif-
fez d'une fanté parfaite ; au lieu qu'avec nos
aifes & nos commoditez, il faut que nous
foïons, ou par complaifance, ou par occafion, réduits à nous tuër nous-mêmes, par
une infinité de débauches, aufquelles vous
n'êtes jamais expofez.

ADARIO.

Mon Frere, je viens te visiter avec ma fille, qui va se marier malgré-moi, avec un jeune homme qui est aussi bon guerrier, que mauvais chasseur. Elle le veut, cela suffit parmi nous : mais il n'en est pas ainsi parmi vous. Car il faut que les peres & les meres consentent au mariage de leurs enfans.

Or il faut que je veuille ce que ma fille veut aujourd'hui. Car si je prétendois lui donner un autre mari, elle me diroit aussitôt : *Pere, à quoi penses-tu ? suis-je ton esclave ? Ne dois-je pas joüir de ma liberté ? Dois-je me marier pour toi ? Epouserai-je un homme qui me déplaît, pour te satisfaire ? Comment pourrai-je souffrir un époux qui achete mon corps à mon pere, & comment pourrai-je estimer un pere qui vend sa fille à un brutal ? Est-ce qu'il me sera possible d'aimer les enfans d'un homme que je n'aime pas ? Si je me marie avec lui, pour t'obéir, & que je le quitte au bout de quinze jours, suivant le privilége & la liberté naturelle de la Nation, tu diras que CELA VA MAL ; cela te déplaira ; tout le monde, en rira, & peut-être, je serai grosse.* Voilà, mon cher Frere, ce que ma fille auroit sujet de me répondre ; & peut-être, encore pis, comme il arriva il y a quelques années à un de nos vieillards, qui prétendoit que sa fille se mariât avec un homme qu'elle n'aimoit

pas. Car elle lui dit, en ma préfence , mille chofes plus dures, en lui reprochant qu'un
homme d'efprit ne devoit jamais s'expofer à
donner des confeils aux perfonnes dont il
en pourroit recevoir, ni exiger de fes enfans
des obéïflances qu'il connoît impoffibles.
Enfin, elle ajoûta à tout cela, qu'il étoit vrai
qu'elle étoit fa fille , mais qu'il devoit fe
contenter d'avoir eû le plaifir de la faire ,
avec une femme qu'il aimeit autant que cette fille haïffoit le Mari que fon Pere prétendoit lui donner. Il faut que tu faches
que nous ne faifons jamais de mariage entre parens , quelque éloigné que puiffe être
le degré de parentage. Que nos femmes
ne fe remarient plus dés qu'elles ont atteint
l'âge de quarante ans, parceque les enfans qu'elles font au-deffus de cet âge-là
font de mauvaife conftitution. Cependant ,
ce n'eft pas à dire qu'elles gardent la continence ; au contraire, elles font beaucoup
plus paffionnées à cet âge qu'à vingt-ans ;
ce qui fait qu'elles écoutent fi favorablement les François, & que même elles fe
donnent le foin de les rechercher. Tu
fçais bien que nos femmes ne font pas fi
fécondes que les Françoifes , quoi-qu'elles
fe laffent moins qu'elles d'être embaraffées ;
cela me furprend , car il arrive en cela
tout le contraire de ce qui dévroit arriver.

C'eſt par la même raiſon que tu viens de
dire, mon pauvre Adario, qu'elles ne con-
çoivent pas ſi facilement que nos Femmes.
Si elles ne prenoient pas ſi fréquemment les
plaiſirs de l'amour, ni avec tant d'avidité ,
elles donneroient le temps à la matiére con-
venable à la production des enfans, de ſe rendre telle qu'il faut qu'elle ſoit pour engendrer. Il en eſt de même d'un Champ ,
dans lequel on ſemeroit ſans ceſſe du bled
d'Inde , ſans le laiſſer jamais en friche ; car
il arriveroit qu'à la fin il ne produiroit plus
rien, comme l'expérience te l'a, ſans doute, fait voir, ; au lieu qu'en laiſſant repo-
ſer ce champ, la terre reprend ſes forces,
l'air, le ſerain , les plüyes, & le ſoleil lui
redonnent un nouveau ſuc, qui fait ger-
mer le grain qu'on y ſeme. Or, écoute un
peu, mon Cher, ce que je te veux dire.
Pourquoi eſt ce que les femmes ſauvages é-
tant ſi peu fécondes, ont ſi peu l'accroiſſe-
ment de leur Nation en vûë, qu'une fille
ſe fait avorter, lorſque le Pere de ſon Enfant vient à mourir ou à être tué, avant
que ſa groſſeſſe ſoit reconnuë. Tu me répondras que c'eſt pour conſerver ſa réputation, parce qu'enſuite elle ne trouveroit
plus de Mari : Mais, il me ſemble que
l'intérêt de la Nation, laquelle dévroit ſe
multiplier, n'eſt guére en recommandation

dans l'efprit de vos femmes. Il n'en eft
pas ainfi des nôtres ; car, comme tu me
le difois l'autre jour, nos Coureurs de bois ,
& bien d'autres, trouvent affez fouvent de
nouveaux enfans dans leurs Maifons , au
retour de leurs Voyages. Cependant ils
s'en confolent, car ce font des corps pour
la Nation , & des ames pour le Ciel. A-
près cela ces femmes font autant deshonorées que les vôtres, & quelquefois on
les met en prifon pour toute leur vie ; au
lieu que les vôtres peuvent avoir enfuite
tant de galans qu'elles veulent. C'eft une
très-abominable cruauté de détruire fon enfant. C'eft ce que le Maître de la vie ne
fçauroit jamais leur pardonner. Ce feroit
un des principaux abus à réformer parmi
vous. Enfuite, il faudroit retrancher la
nudité ; car enfin le privilége que vos
Garçons ont d'aller nuds, caufe un terrible ravage dans le cœur de vos filles ; car
n'étant pas de bronze, il ne fe peut faire
qu'à l'afpeét des piéces , que je n'oferois
nommer , elles n'entrent en rut en certaines
occafions, où ces jeunes Coquins font voir
que la Nature n'eft ni morte ni ingrate envers eux.

ADARIO.

La raifon que tu me donnes de la fterili-
té de nos femmes eft merveilleufe , car je
conçois maintenant que cela fe peut. Tu

condamnes auffi fort à propos le crime de ces
Filles qui fe font avorter avec leurs breuva-
ges. Mais ce que tu dis de la nudité ne s'a-
corde guére avec le bon fens. Je conviens
que les Peuples chez qui le *tien* & le *mien*
font introduits, ont grande raifon de cacher
non-feulement leurs Parties viriles, mais
encore tous les autres membres du corps.
Car à quoi ferviroit l'or & l'argent des François, s'ils ne les emploioient à fe parera vec
de riches habits ? puifque ce n'eft que par le
vétement qu'on fait état des gens. N'eft-ce
pas un grand avantage pour un François de
pouvoir cacher quelque défaut de nature fous
de beaux habits ? Crois-moi, la nudité ne
doit choquer uniquement que les gens qui ont
la proprieté des biens. Un laid homme parmi vous autres, un mal-bâti trouve le fe-
cre de fe rendre beau & bien-fait, avec une
belle perruque, & des habits dorez, fous
lefquels on ne peut diftinguer les hanches &
les feffes artificielles d'avec les naturelles. Il y
auroit encore un grand inconvenient fi les Européans alloient nuds ; c'eft que ceux qui feroient bien armez trouveroient tant de pratique & tant d'argent à gagner, qu'ils ne fonge-
roient à fe marier de leur vie, & qu'ils donneroient occafion à une infinité de femmes
de violer la foi conjugale. Imagine-toi
que ces raifons n'ont aucun lieu parmi noûs,
où il faut que tout ferve, fans exception

tant petits que grands ; les filles qui voient de jeunes gens nuds , jugent à l'œil de ce qui leur convient. La nature n'a pas mieux gardé ses proportions envers les femmes qu'envers les hommes. Ainſi, chacune peut hardiment juger qu'elle ne ſera pas trompée en ce qu'elle attend d'un mari. Nos femmes ſont capricieuſes , comme les vôtres , ce qui fait que le plus chetif Sauvage peut trouver une femme. Car comme tout paroît à découvert, nos filles choiſiſſent quelquefois ſuivant leur inclination , ſans avoir égard à certaines proportions : les unes aiment un homme bien fait , quoi qu'il ait je ne ſçai quoi de petit en lui. D'autres aiment un mal bâti pourvû qu'elles y trouvent je ne ſçai quoi de grand ; & d'autres préférent un homme d'eſprit & vigoureux , quoi qu'il ne ſoit ni bien fait , ni bien pourvû de ce que je n'ai pas voulu nommer. Voilà , mon Frere , tout ce que je puis te répondre ſur le crime de la nudité , qui comme tu ſçais, ne doit uniquement être imputé qu'aux garçons ; puiſque les gens veufs ou mariez cachent ſoigneuſement le devant & le derriere. Au reſte , nos filles ſont en récompenſe plus modeſtes que les vôtres ; car on ne voit en elles rien de nud que le gras de la jambe , au lieu que les vôtres montrent le ſein tellement à découvert que nos jeunes gens ont le nez collé ſur le ventre , lorſqu'ils trafiquent

leurs Caftors aux belles Marchandes qui font
dans vos Villes. Ne feroit-ce pas là , mon
Frere , un abus à réformer parmi les François ? Car , enfin , ne fçai-je pas de bonne
part qu'il n'eft guére de Françoife qui puiffe
réfifter à la tentation de l'objet de qui leur
fein découvert provoque l'émotion. Ce feroit le moien de préferver leurs maris du mal
chimérique de ces cornes que nous plantons
fur leur front, fans les toucher, ni même les
voir ; ce qui fe fait par un miracle que je ne
fçaurois concevoir. Car, enfin , fi je plante
un pommier dans un jardin , il ne croît pas
fur le fommet d'un rocher ; ainfi vos cornes
invifibles ne doivent prendre racine qu'à l'endroit où leur femence eft jettée ; d'où il
s'enfuit qu'elles dévroient fortir du front de
vos femmes, pour reprefenter les outils du
mari & du galand. Au refte, cette folie de
cornes eft épouventable ; car pourquoi chagriner un mari de cette injure, à l'occafion
des plaifirs de fa femme ? Or s'il faut épou-
fer les vices d'une femme en l'époufant, le
mariage des François eft un Sacrement qui
ne doit pas être fondé fur la droite raifon ;
ou bien il faut de neceffité retenir fon épou-
fe fous la clef pour éviter ce deshonneur.
Il faut que le nombre de ces maris foit bien
grand ; car, enfin , je ne conçois pas qu'une
femme puiffe penfer à la rigueur de cette
chaîne éternelle , fans chercher quelque ef-

pèce de foulagement à fes maux, chez quelque bon ami. Je pardonnerois les François
s'ils s'en tenoient à leur mariage fous certaines conditions ; c'eſt-à-dire, pourvû qu'il en
provint des enfans , & que le mari & la femme euſſent toûjours une aſſez bonne ſanté
pour s'aquiter, comme il faut, du devoir du
mariage. Voilà tout le réglement qu'on pourroit faire chez des Peuples qui ont le *Tien*
& le *Mien*. Or il s'agit encore d'une choſe
impertinente ; c'eſt que parmi vous autres
Chrétiens les hommes ſe font gloire de débaucher les femmes; comme s'ils ne devoient
pas, ſelon toute ſorte de raiſons , être auſſi
criminel aux uns qu'aux autres de ſuccom-
ber à la tentation de l'amour. Vos jeunes
gens font tous leurs éforts pour tenter les
filles & les femmes. Ils emploient toutes
ſortes de voies pour y réüſſir. Enſuite ils
le publient, ils le diſent par tout. Chacun
loüe le Cavalier, & mépriſe la Dame ; au
lieu de pardonner la Dame , & de châtier le
Cavalier. Comment prétendez-vous que vos
femmes vous ſoient fidéles , ſi vous ne l'ê-
tes pas à elles? Si les maris ont des maî-
treſſes , pourquoi leurs épouſes n'auront-
elles pas des amans? Et ſi ces maris préférent les jeux & le vin à la compagnie de
leurs femmes, pourquoi ne chercheront elles pas de la conſolation avec quelque ami?
Voulez-vous que vos femmes ſoient ſages,
ſoiez

foiez ce que vous apellez *Sauvages*, c'eſt-
à-dire , foiez *Hurons* ; aimez-les comme
vous-mêmes, & ne les vendez pas. Car je
connois certains maris parmi vous qui con-
ſentent auffi lâchement au libertinage de leurs
épouſes, que des meres à la proſtitution de
leurs filles. Ces gens-là ne le font que parce que la néceſſité les y oblige. Sur ce pied-
là c'eſt un grand bonheur pour les Hurons
de n'être pas réduits à faire les baſſeſſes, que
la miſere inſpire aux gens qui ne font pas accoûtumez d'être miſérables. Nous ne ſommes
jamais ni riches, ni pauvres ; & c'eſt en cela
que nôtre bonheur eſt au-deſſus de toutes
vos richeſſes. Car nous ne ſommes pas obligez
de vendre nos femmes & nos filles, pour vivre aux dépens de leurs travaux amoureux.
Vous dites qu'elles font ſottes. Il eſt vrai ,
nous en convenons ; car elles ne ſçavent
pas écrire des billets à leurs amis, comme
les vôtres ; & quand cela feroit, l'eſprit des
Hurones n'eſt pas aſſez pénétrant pour choi-
ſir à la phiſionomie des vieilles aſſez fidéles
pour porter ces lettres galantes ſous un ſilence
éternel. Ha ! maudite écriture ! pernicieuſe
invention des Européans, qui tremblent à
la vûë des propres chiméres qu'ils ſe repreſen-
tent eux-mêmes par l'arrangement de vingt
& trois petites figures , plus propres à troubler le repos des hommes qu'à l'entretenir.
Les Hurons font auſſi des ſots, s'il vous en

faut croire, parce qu'ils n'ont point d'égard
à la perte du pucelage des filles qu'ils épou-
sent ; & qu'ils prennent en mariage des femmes que leurs camarades ont abandonnées.
Mais, mon Frere, dis-moi, je te prie, les
François en sont-ils plus sages pour s'imaginer qu'une fille est pucelle, parce qu'elle
crie, & qu'elle jure de l'être ? Or, suposons qu'elle soit telle qu'il la croit, la con-
quête en est-elle meilleure ? Non, vraîment,
au contraire, le mari est obligé de lui aprendre un exercice qu'elle met ensuite en pratique avec d'autres gens, lorsqu'il n'est pas
en état de le continuër journellement avec
elle. Pour ce qui est des femmes que nous
épousons après la séparation de leurs maris,
n'est-ce pas la même chose que ce que vous
apellez se marier avec des Veuves ? Néanmoins avec cette diférence que ces femmes
ont tout lieu d'être persuadées que nous les
aimons, au lieu que la plûpart de vos Veuves ont tout sujet de croire que vous é-
pousez moins leurs corps que leurs richesses.
Combien de désordres n'arrive-t'il pas dans
les familles par des mariages comme ceux-là ?
Cependant, on n'y remédie pas, parce que
le mal est incurable, dès que le lien conjugal
doit durer autant que la vie. Voici encore
une autre peine parmi vous autres, qui me
paroît tout-à-fait cruelle. Vôtre mariage est
indissoluble, cependant une fille & un garçon
qui s'aiment réciproquement ne peuvent pas

fe marier enfemble fans le confentement de
leurs parens. Il faudra qu'ils fe marient l'un
& l'autre au gré de leurs peres , & contre
leurs defirs, quelque répugnance qu'ils aient,
avec des perfonnes qu'ils haïffent mortelle-
ment. L'inégalité d'âge, de bien , & de condition caufent tous ces défordres. Ces confi-
dérations l'emportent fur l'amour mutuel
des deux parties, qui font d'accord entr'elles.
Quelle cruauté & quelle tirannie d'un pere
envers fes enfans ? Voit-on cela parmi les
Hurons ? Ne font-ils pas auffi nobles, auffi
riches les uns que les autres ? Les femmes
n'ont-elles pas la même liberté que les hommes, & les enfans ne joüiffent-ils pas des mêmes priviléges que leurs peres ? Un jeune
Huron n'époufera-t'il pas une des efclaves
de fa mere , fans qu'on foit en droit de l'en
empêcher ? Cette efclave n'eft-elle pas faite
comme une femme libre, & dès qu'elle eft
belle, qu'elle plaît ne doit-elle pas être préférable à la fille du grand Chef de la Nation,
qui fera laide? N'eft-ce pas encore une injuftice pour les peuples qui déteftent la communauté des biens; que les Nobles donnent
à leur premier fils prefque tout leur bien, &
que leurs freres & les fœurs de celui-ci foient
obligez de fe contenter de très-peu de chofe;
pendant que cet aîné ne fera peut-être pas
légitime, & que tous les autres le feront ?
Qu'en arrive-t'il fi ce n'eft qu'on jette les

F 2

filles dans des Convens, prifons perpetuelles, par une barbarie qui ne s'accorde guére avec cette charité Chrétienne, que les Jéfuites nous prêchent? Si ce font des garçons, ils fe trouvent réduits à fe faire Prêtres, ou Moines, pour vivre du beau métier de prier Dieu malgré eux, de prêcher ce qu'ils ne font pas, & de perfuader aux autres, ce qu'ils ne croient pas eux-mêmes. S'il s'en trouve qui prennent le parti de la guerre, c'eft plûtôt pour piller la Nation, que pour la défendre de fes ennemis. Les François ne combattent point pour l'intérêt de la Nation, comme nous faifons, ce n'eft que pour leur propre intérêt & dans la vûë d'aquérir des emplois, qu'ils combattent. L'amour de la patrie & de leurs compatriotes y ont moins de part que l'ambition, les richeffes, & la vanité. Enfin, mon cher Frere, je conclus ce difcours en t'affûrant, que l'amour propre des Chrétiens, eft une folie que les Hurons condamneront fans ceffe. Or cette folie qui régne en tout parmi vous autres François, ne fe remarque pas moins dans vos amours & dans vos mariages; lefquels font auffi bifarres que les gens qui donnent fi fottement dans ce paneau.

LAHONTAN.

Ecoute, *Adario*, je me fouviens de t'avoir dit qu'il ne falloit pas juger des actions des honnêtes gens, par celles des coquins. J'avouë que tu as raifon de blâmer certaines actions que nous blâmons auffi. Je conviens que la

propriété de biens est la source d'une infinité
de passions, dont vous êtes exempts. Mais, si
tu regardes toutes choses du bon côté, & sur
tout nos amours & nos mariages; le bel ordre
qui est établi dans nos familles & l'éducation
de nos enfans, tu trouveras une conduite
merveilleuse dans toutes nos Constitutions.
Cette liberté que les Hurons nous prêchent,
cause un désordre épouventable. Les enfans
sont aussi grands maîtres que leurs peres, &
les femmes qui doivent être naturellement
sujettes à leurs maris, ont autant de pouvoir
qu'eux. Les filles se moquent de leurs meres, lorsqu'il s'agit de prêter l'oreille à leurs
amans; En un mot, toute cette liberté se
réduit à vivre dans une débauche, perpetuel-
le, & donne à la nature tout ce qu'elle demande, à l'imitation des bêtes. Les filles des
Hurons font consister leur sagesse dans le
secret, & dans l'invention de cacher leurs
débauches. * *Courir l'aluméte* parmi vous autres, est-ce qui s'apelle chez nous, *chercher
avanture.* Tous vos jeunes gens courent cette
aluméte tant que la nuit dure. Les portes des
chambres de vos filles font ouvertes à tous
venans; & s'il se présente un jeune homme
qu'elle n'aime pas, elle se couvre la tête de
sa couverture. C'est-à-dire qu'elle n'en est
point tentée. S'il en vient un second, peut-
être elle lui permettra de s'asseoir sur le pied

* C'est entrer pendant la nuit, dans la chambre de sa Mai-
tresse, avec une espéce de Chandéle.

F i

de fon lit, pour parler avec elle, fans paffer outre. C'eft à-dire qu'elle veut ménager ce drôle-là pour avoir plufieurs cordes à fon arc; en vient-il un troifiéme qu'elle veut duper, avec une plus feinte fageffe, elle lui permettra de fe coucher auprès d'elle fur les couvertures du lit. Celui-ci eft-il parti, le quatriéme arrivant trouve le lit & les bras de la fille ouverts à fon plaifir, pour deux ou trois heures; & quoi qu'il n'emploie ce tems-là à rien moins qu'en paroles, on le croit cependant à la bonne foi. Voilà, mon cher Adario, le putanifme de tes Huronnes couvert d'un manteau d'honnête converfation, & d'autant plus que quelque indifcrétion que puiffent avoir les amans envers leur maîtref-fes: ce qui n'arrive guéres: bien loin de les croire, on les traite de *jaloux*, qui eft une injure infâme parmi vous autres. Après tout ce que je viens de dire, il ne faut pas s'étonner fi les Amériquaines ne veulent point entendre parler d'amour pendant le jour, fous prétexte que la nuit eft faite pour cela. Voilà ce qu'on apelle en France *cacher adroitement fon jeu*. S'il y a de la débauche parmi nos filles, au moins il y a cette diférence que la régle n'eft pas générale, comme parmi les vôtres, & que d'ailleurs ell ne vent pas fi brutalement au fait. L'amour des Europeanes eft charmant, elles font conftantes & fidéles jufqu'à la mort; lorfqu'elles ont la foibleffe d'accorder à leurs amans la derniere faveur, c'eft plûtôt en ver-

tu de leur mérite intérieur, qu'extérieur, &
toûjours moins par le defir de fe contenter
elles-mêmes, que de donner des preuves fenfibles d'amour à leurs amans. Ceux-ci font galans, cherchant à plaire à leurs maîtreffes par
des manieres tout-à-fait jolies, comme par le
refpeét, par les affiduitez, par la complaifance. Ils font patiens, zélés, & toûjours prêts à
facrifier leur vie & leurs biens pour elle; ils
foûpirent long-tems ayant que de rien entre-
prendre. Car ils veulent mériter la derniere
faveur par des longs fervices. On les voit à
genoux aux pieds de leurs maîtreffes mendier
le privilége de leur baifer la main. Et comme
le chien fuit fon maître en veillant lorfqu'il
dort; auffi chez nous un véritable amant ne
quitte point fa maîtreffe, & il ne ferme les
yeux que pour fonger à elle, pendant le fommeil. S'il s'en trouve quelqu'un affez fou-
gueux pour embraffer fa maîtreffe brufque-
ment à la premiere occafion, fans avoir égard
à fa foibleffe, on l'apelle *Sauvage* parmi nous,
c'eft-à-dire homme fans quartier, qui commence par où les autres finiffent.

ADARIO

Hô, hô, mon cher Frere, es François
ont-ils bien l'efprit d'apeller ces gens-là *Sau-*
vages? Ma foi, je ne croiois pas que ce mot-là
fignifiât parmi vous un homme fage & con-
clufif; je fuis ravi d'aprendre cette nouvelle;
ne doutant pas qu'un jour vous n'apelliez

Sauvages, tous les François qui seront assez sages pour suivre exactement les véritables règles de la justice & de la raison. Je ne m'étonne plus de ce que les rusées Françoises aiment tant les Sauvages; elles n'ont pas tout le tort; car, à mon avis, le tems est trop cher pour le perdre, & la jeunesse trop courte pour ne pas profiter des avantagees qu'elle nous donne. Si vos filles sont constantes à changer sans cesse d'amans, cela peut avoir quelque raport à l'humeur des nôtres. Mais, lorsqu'elles se laissent fidélement caresser par trois ou quatre, en même-tems, cela est très-diférent du génie des Hurones. Que les amans François passent leur vie à faire les folies que tu viens de me dire, pour vaincre leurs maîtresses, c'est-à-dire qu'ils emploient leur tems, & leurs biens à l'achat d'un petit plaisir précédé de mille peines & de mille soucis, je ne les en blâmerai pas, puisque j'ai fait la folie de me risquer sur d'impertinens Vaisseaux à traverser les Mers rudes qui séparent la France de ce continent, pour avoir le plaisir de voir le Païs des François. Ce qui m'oblige à me taire. Mais les gens raisonnables diront que ces sortes d'amans sont aussi foux que moi; avec cette diférence que leur amour passe aveuglement d'une maîtresse à l'autre, les exposant à soufrir les mêmes tourmens, au lieu que je ne passerai plus de ma vie de l'Amérique en France.

Fin des Dialogues.

VOIAGES

DE

PORTUGAL.

ET DE

DANEMARC.

M ON S I E U R,

Una salus victis nullam sperare salutem.

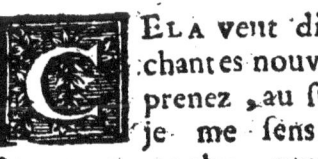ELA veut dire que sur les mé-
chantes nouvelles que vous m'a-
prenez, au sujet de mon affaire,
je me sens encore assez de
sang aux ongles pour braver tous les
revers de la Fortune. L'Univers, qui est la
Patrie des Irondéles & des Jésuites, doit
être aussi la mienne, jusqu'à ce qu'il plaise
à Dieu de faire aller en l'autre monde des
gens qui lui sont fort inutiles en celui-ci. Je
suis ravi que les mémoires de *Canada* vous
aient plû, & que mon stile sauvage ne vous
ait pas éfraié. Après tout, vous auriez tort

F 5

de trouver à redire à ce jargon ; car nous sommes vous & moi d'un Païs, où l'on ne sçait parler François que lorsqu'on n'a plus la force de le prononcer. D'ailleurs, il n'est pas possible qu'aiant passé si jeune dans l'Amérique, j'aie pû trouver en ce païs-là le secret d'écrire poliment. C'est une science qu'on ne sçauroit aprendre parmi des Sauvages, dont la societé rustique est capable d'abrutir les gens du monde les plus polis. Vous me pressez de continuër à vous aprendre de nouvelles choses ; j'y consens : mais ne comptez pas, au moins, que je vous envoie ces belles descriptions que vous demandez ; car ce seroit m'exposer à la risée des personnes ausquelles vous pourriez les communiquer. Je ne me sens pas assez habile homme pour encherir sur les Remarques curieuses qu'une infinité de voiageurs ont bien voulu donner au Public. C'est assez que je vous fournisse des mémoires particuliers sur certaines choses, dont on a fait si peu de cas qu'on n'a pas crû devoir se donner la peine d'y faire attention. Et comme ce sont des matieres qui n'ont jamais été sous la Presse, vous y trouverez, peut-être, quelque sorte de plaisir, par raport à la nouveauté. Sur ce pied-là je serai ponctuel à vous écrire, de quelque coin du monde où mon infortune me jette, à condition que vous le serez aussi à me répondre exactement. Au reste, je me

eroi obligé de vous avertir que je ne fçaurois
me réfoudre à franchifer les noms étrangers.
Je les écrirai comme les gens du Païs les
écrivent, c'eft-à-dire, de la maniere qu'ils le
doivent être. Après cela vous les pronon-
cerez comme il vous plaira. Vous fçavez que
je vous écrivis il y a deux mois & demi,
qu'après avoir compté près de trois cens piftoles au Capitaine du Vaiffeau qui me fauva
de *Plaifance* à *Vianna*, je fus affez heureux
de mettre pied à terre à cette Cité des *Callai-*
ques; ainfi donc il ne me refte qu'à repren-
dre de là le fil de mon Journal.

Je ne fus pas plûtôt forti de la Chaloupe
qu'un Gentilhomme François, qui fert le Roi
de Portugal, * depuis trente & quatre ans, en
qualité de Capitaine de Cavalerie, me fit offre
de fa Maifon; car il n'y avoit en ce lieu-là que
des Cabarets à Matelots. Le lendemain ce
vieux Officier me confeilla de faluër Don
Joan de Souza Gouverneur Général de la
Province d'entre *Douro* & *Minho*, & m'avertit que tout le monde lui donnoit d'*Excel-*
lentia & qu'il ne rendoit la *Senoria* qu'aux
premiers Gentils-hommes du Roïaume, &
la † *Merced* à tous les autres; ce qui fit qu'au
lieu de lui parler Efpagnol, je me fervis d'un
Interprête qui métamorphofa tous les *Vous*

* Du tems de Mr. de Schomberg.

† *Merced* qui fignifie *merci*, eft un titre un peu au
deffus de *Vous*.

F 6

de mon compliment en *excellence* Portugaiſe.
Vianne dont la ſituation eſt à cinq lieuës de
Braga vers l'Occident , eſt renfermée dans un
angle droit , dont la mer & la riviere de *Lima*
ſont les deux côtez. J'y vis deux Monaſteres
de *Bénédictines* , ſi mal rantez qu'elles mourroient de faim, ſi leurs parens , ou pluſieurs ✻
Devotos, ne les ſecouroient. Il y a un très-bon
Château ſur le bord de la mer, fortifié ſelon les
3 égles de *Pagan*. Il eſt garni de pluſieurs groſſes Couleuvrines , qui mettent à couvert des
Salteins, les bâtimens qui moüillent à la ✝Rade
où l'on eſt à l'abri des 14. vents contenus entre
le *Nord* & le *Sud* , vers la bande de *l'Eſt*. La riviere eſt un ¶ Havre de Barre dans lequel on
ne ſçauroit entrer ſans la conduite des Pilotes de la Ville , qu'on fait venir à bord par le
ſignal du Canon & du Pavillon en § *Berne*.
C'eſt toûjours à l'inſtant de la pleine mer que
les Vaiſſeaux ſe préſentent devant cette ri-

✻ *Devotos* ce ſont les amis des Nonains. Ce mot
ſignifie *dévoués*.

✝ *Rade* , moüillage près des Côtes, où l'on eſt à
couvert des vents qui viennent de ces Côtes.

¶ *Havre de Barre* , Port où l'on ne peut entrer qu'au
tems de la pleine mer , parce que les Vaiſſeaux trouvent alors aſſez d'eau pour paſſer ſur les ſables , ou ſur
les fonds plats, ſans échouer ni toucher. *Baione, Bilbao, Stona, Vianne Porto, Aveiro, Mondego, Lisbone,
Salé* ſont tous des Havres de Barre.

§ Pavillon en Berne , c'eſt le tenir frelé , ou pendant
en monceau du haut en bas.

viere , dans laquelle ils affechent enfuite
toutes les marées , à moins qu'ils ne foient
placez à la foffe qui conferve, pour le moins,
8. ou 10. braffes d'eau de baffe mer. Le 4.
de Février aiant loüé deux mules, l'une pour
moi , l'autre pour mon Valet , fur le pied
de trois piaftres d'Efpagne , je piquai de fi
bonne grace que j'arrivai le foir à *Porto* ,
quoique cette journée foit de 12. lieuës ,
d'une heure de chemin. Ces animaux am-
ble vîte & legérement , fans broncher , ni
fatiguer ceux qui les montent. Les Cavaliers ont la commodité de s'apuier , quand
ils veulent fur leur valife , qui eft foûtenuë
fur deux cerceaux de fer , vers le pomeau
des felles du Païs , dont la dureté n'accommode pas les gens auffi maigres que moi.
Au refte , le chemin , quoique pierreux , eft
affez bon , le terrain eft égal , le païfage
riant , & la côte de la mer ornée de quelques gros Villages, dont les principaux font
Expofende , *Faous* , & *Villa de Condé*. En arrivant à *Porto*, mon Guide me logea dans une
Auberge Angloife , qui eft la feule dont on
fe puiffe accommoder. Cette Ville-là eft
remplie de Marchands François , Anglois
& Hollandois, à caufe de l'avantage qu'ils
retirent du commerce ; quoique les derniers
foient affez accoûtumez à faire de grandes
pertes , depuis le commencement de la guerre , par l'inhumanité de nos Capres, qui ne fe

font pas de fcrupule de prendre leurs Vaiffeaux. *Porto* eſt bâti ſur la pente d'une Monta-
gne aſſez eſcarpée, au pied de laquelle on voit
couler la riviere de *Duero*, qui ſe déchargeant
une lieuë plus bas dans la Mer, paſſe ſur une *
Barre ſituée à ſon embouchûre, où les ſages
Navigateurs ne doivent ſe preſenter que dans
un beau tems, après avoir eû la précaution de
faire venir à bord les Pilotes du Païs ; car il ſe
trouve des Rochers cachez & découverts ſur
les ſables de cette barre, qui la rendent inac-
ceſſible aux étrangers. Les Vaiſſeaux de 400.
tonneaux y trouvent aſſez d'eau vers le moment de la pleine mer, qui eſt le véritable
tems dont il eſt à propos de ſe ſervir pour
entrer dans cette Riviere. Il régne un
beau quai d'une extrêmité de la Ville à l'autre ; le long duquel chaque bâtiment eſt a-
marré vis-à-vis de la maiſon de ſon proprié-
taire. J'eus le tems de voir la Flotte Marchan-
de du *Brezil*, qui conſiſtoit en 32. Navi-

* Barre eſt à proprement parler un banc de ſable, qui
traverſe ordinairement l'entrée des Rivieres, qui ne
ſont pas aſſez rapides pour repouſſer dans la Mer les
ſables que les vagues y accumulent, lorſque les vents
du large ſouflent avec impétuoſité. Toutes les barres
peuvent être apelées bancs de ſable, car je n'ai jamais
oüi dire qu'il y ait au monde aucune barre de chaîne
de Rochers. Or comme ces ſables s'élevent vers la ſur-
face de l'eau comme un petit côteau dans une plaine,
les Vaiſſeaux n'y ſçauroient paſſer qu'au tems de la
pleine mer, parce qu'alors ils trouvent aſſez d'eau
pour flotter au deſſus.

res Portugais, dont le moindre étoit armé
de 22. Canons. Outre cela, je vis encore
dans la riviere quantité de Vaisseaux étrangers, sur tout cinq ou six Armateurs François, qui s'étoient jettez-là pour acheter des
vivres & des munitions. Cette Ville de
Porto est belle, propre, & bien pavée; mais
aussi très-incommode par le desavantage de
sa situation montueuse. Car il faut toûjours
monter & décendre. La Galerie des Chanoines Réguliers de S. Augustin, est une piece d'Architecture aussi curieuse par son extrême longueur, que leur Eglise, par sa figure en
rotonde, & par la richesse du dedans. Il y a
un Parlement, un Evêché, des Academies où
les jeunes Gens aprénent leurs exercices & un
Arsenal pour l'équipement des Vaisseaux de
guerre qu'on bâtit annuellement près de l'embouchûre de la riviere. Je suis surpris que cette Ville ne soit pas mieux fortifiée, puisque
c'est la seconde du Roïaume. Les murailles de
l'enceinte n'ont que six pieds d'épaisseur, &
de distance à autre on découvre des Tours
ruïnées, que le temps a dégradé. C'est un
ouvrage des *Mores*, & même des plus irréguliers de ces temps là. Jugez de-là, Monsieur, s'il seroit difficile d'emporter cette Place d'emblée. Bien en prend aux Portugais
que cette Province, qui est une des meilleures du Roïaume, soit presque inaccessible à
leurs ennemis, tant par mer, que par terre.

D'un côté à cause des barres, dont j'ai parlé, & de l'autre à cause d'une infinité de Montagnes impraticables. Elle est très-bien peuplée. Toutes les Vallées sont peines de Bourgs & de Villages, où il se recüeille quantité de vin & d'olives, & où l'on nourrit un assez grand nombre de Bestiaux, & même la laine qu'on en tire est assez fine : Je vous dis ceci sur le raport de quelques Marchans François, qui connoissent parfaitement bien cette Province-là. On m'a dit qu'il est impossible de rendre la riviere de *Duero* navigable pour des Bâteaux, à cause de quelques cascades & courans qui se trouvent entre des rochers éfroiables. Contentez vous de ceci, je n'en sçai pas davantage.

Le 10. je partis pour *Lisbonne*, dans une Littiere que je loüai dix-huit mille six cens *Reis*, qui font un nombre de pieces capable de surprendre tout-d'un-coup des gens qui ne sçauroient pas que ce ne sont que des deniers. Or comme c'est de cette maniere-là que les Portugais font tous leurs comptes, il faut vous expliquer qu'un *Reis* n'est autre chose qu'un denier & que cette nombreuse quantité de pieces se réduit simplement à 25. Piastres. Sur ce pied-là mon Literie s'obligea de me rendre à *Lisbonne* le 9me. jour de marche, quoi qu'il dût s'écarter deux ou trois lieuës de la route, pour satisfaire la curiosité que j'avois de passer à *Aueiro*, où j'arrivai le lendemain. Cette Bicoque est située sur les rives de la mer, & d'une petite Riviere de barre, où les Bâtimens qui ne*callent que 8.ou 9. pieds, entrent de pleine mer sous la conduite des Pilotes costiers. Elle est fortifiée à la Moresque, comme celle de *Porto*. Il s'y fait une assez grande quantité de sel pour en fournir abondamment deux ou trois Province. On y voit un très-beau monastére de Religieuses qui font leurs preuves d'ancienne noblesse & d'origine † *Christiaon veilhos*. La campagne est charmante jusqu'à trois lieuës vers l'Orient, c'est-à-dire jusqu'au grand chemin de *Lisbonne*, qui est borné par une chaîne de Montagnes de *Porto* jusqu'à *Coimbre*. J'entrai le 14. dans cette derniere Ville, & voulant voir l'Université, mon Literier m'assura que cette curiosité me coûteroit un jour de retardement. Ce Collége, dont quelques Voiageurs ont fait mention, se rend assez fameux par le soin que le Roi de Portugal a eû d'y faire fleurir les Sciences depuis son avénement à la Couronne. Il n'y a rien qui soit digne de remarque dans cette Ville-là, si ce n'est un double Pont de pierre, entre lequel, étant l'un sur l'autre, on peut traverser la riviere par un chemin couvert : On voit deux beaux Couvents l'un de Moi-

---

* *Caller*, c'est enfoncer dans l'eau.

†. C'est-à-dire de vieux Chrétien. Grand Titre d'honneur dans ce Païs-là, par sa rareté.

nes & l'autre de Réligieuses , situez à quarante ou cinquante pas l'un de l'autre. *Coimbre* a tître de Duché. Cette Ville joüit de plusieurs priviléges & prérogatives considérables. Elle est située à six lieuës de la Mer , au pied d'une côte escarpée , sur laquelle on découvre des Eglises , des Monasteres , & deux ou trois belles Maisons. Son Evêché , qui est Suffragant de *Braga* , est un des meilleurs du Roiaume. De Coimbre à *Lisbonne* le chemin est beau , le païsage riant, & le Païs assez bien peuplé. J'arrivai à cette Capitale le 18. étant moins fatigué , que chagrin de m'être servi d'une Voiture , qui par sa lenteur ne peut convenir qu'aux Dames & aux Vieillards. J'aurois eû plus d'agrément en me servant de Mules. Car en ce cas , j'eusse fait ce petit voiage en cinq jours,à très-peu de frais : c'est-à-dire pour 13. piastres , maître & valet. Au reste, il est à propos de vous dire , en passant , que les gens un peu délicats n'auroient jamais suporté sans mourir , l'incommodité des * *Posadas* de la Route dont la description pitoiable sufiroit pour vous ôter l'envie d'aller à Lisbonne , quelque affaire que vous y eussiez. Je m'en suis pourtant accommodé comme des meilleures Auberges de France ; car n'aiant fait de ma vie d'autre métier que de courir les Mers , les

* *Posadas* , Retraite ou espece de cabarets pour les Voiageurs.

Lacs, & les Rivieres de Canada, vivant le plus souvent de racines & d'eau, sous des Tentes d'écorce, je dévorois comme un perdu, tout ce qu'on avoit le soin de me presenter, dans ces misérables Hôpitaux. Imaginez-vous, Monsieur, que l'Hôte conduit les Voiageurs dans un Réduit qu'on prendroit plûtôt pour un Cachot que pour une chambre. C'est-là qu'il faut attendre avec beaucoup de patience quelques ragoûts assaisonnez d'ail, de poivre, de ciboules, & de cent herbes médicinales dont l'odeur feroit perdre l'apetit à l'*Iroquois*, le plus affamé. Pour comble de disgrace, on est obligé de se reposer sur de certains matelas étendus sur le plancher, sans couverture ni paillasse; & comme ils ne sont guéres plus épais que cette Lettre, il en faudroit au moins deux ou trois cens pour être couché plus mollement que sur les pierres. Il est vrai que l'Hôte en fournit autant qu'on en souhaite, au prix d'un sol la piéce. Et qu'il se donne la peine de les secouër & de les battre pour faire tomber les puces, les punaises, &c. Graces à Dieu, je n'ai pas eû besoin de m'en servir, car j'ai toûjours conservé mon * *Hamak* qu'il est facile de suspendre en tous lieux, par le moien de deux grosses vrilles de fer. Au reste, ce que je vous dis ici de ces cabarets, n'est qu'une bagatelle, en comparaison de ceux

* *Hamak* est une espece de branle de coton, plus long & plus large que les branles des Matelots.

d'Espagne, s'il en faut croire des gens dignes de foi; c'est ce qui fait, à mon avis, qu'il n'en coûte presque rien pour la bonne chere, dans les uns & dans les autres.

Le jour d'après mon arrivée à Lisbonne, je saluai Mr. l'Abbé *d'Estrées*, que le Roi de Portugal estime infiniment. Il est si fort honoré de tout le monde, qu'on le qualifie avec raison de *O mais perfecto dos perfectos Cavalheiros*, c'est-à-dire *du plus parfait des parfaits Cavaliers*. Son équipage est assez magnifique, quoiqu'il n'ait pas encore fait son Entrée publique. Sa Maison est très-bien réglée, son Hôtel richement meublé, & sa Table délicate & bien servie. Il donne souvent à manger aux gens de quelque distinction, qui ne le verroient jamais s'il ne leur donnoit la main. Cette déférence me paroîtroit ridicule, si le Roi son Maître ne l'avoit ainsi réglé du tems de Mr. * d'*Opede*. Car, après tout, il est choquant que le dernier Enseigne de l'Armée prenne la main chez un Ambassadeur, qui la refuse à tout Ministre du second rang. Les Gentils-hommes Portugais sont fort honnêtes gens, mais ils sont si remplis d'eux-mêmes, qu'à peine s'imaginent-ils qu'on puisse trouver au monde de Noblesse plus pure & plus ancienne que la leur. Les Titulaires se font traiter *d'Excellence*, & leur délicatesse va jusqu'au

* *Opede*, autrefois Ambassadeur de France en cette Cour.

point de ne jamais rendre vifite aux perfonnes
qui logent dans les Auberges. Il faut être d'u-
ne illuftre naiffance pour avoir le ★ *Don*. Car
les Charges les plus honorables ne fçauroient
donner ce vénérable Tître, puifque le Secré-
taire d'Etat, qui en poffède une des plus écla-
tantes du Roiaume, ne le prend pas. Le Roi de
Portugal eft grand, bien-fait, & de bonne mine; quoique fon teint foit un peu brun. On dit
qu'il eft auffi conftant en fes réfolutions, qu'en
fes amitiez. Il connoît très-bien l'état de fon
Roiaume. Il eft fi libéral, & fi bien-faifant qu'il
a de la peine à refufer les graces que fes Sujets lui demandent. Le Duc de *Cadaval,*
qui eft fon premier Miniftre, & fon Favori,
a de puiffans Ennemis, parce qu'il paroît plus
zélé qu'eux au ferviçe de ce Prince, & qu'il eft
un peu François. *Lisbonne* feroit une des plus
belles Villes de l'Europe par fa fituation, &
par fes divers afpects, fi elle étoit moins fale.
Elle eft fituée fur fept Montagnes, d'où l'on
découvre les plus beaux païfages qui foient au
monde, auffi-bien que la Mer, le fleuve du
Tage, & les Forts qui gardent l'entrée de cette Riviere. Cette Ville montueufe incommode extrêmement les gens qui font obligez
d'aller à pied, fur tout les Voiageurs, dont la
curiofité paroît un peu traverfée par la peine

★ *Don*, ce mot fe raporte parfaitement à celui de
Meffire. Et en Efpagne à celui de *Sire* ou *Sieur*. Dont
des Serviteurs, &c. fe qualifient.

de monter & décendre inceffamment. Car on
n'y trouve pas, comme ailleurs, des caroffes
de loüage. On y voit de très-belles & très-
magnifiques Eglifes. Les plus confidérables
font la *Ceu*, nôtre Dame de *Loreto*, *fan Vicente*,
fan Roch , *fan Pable* , *& fanto Domingo*. Le
Monaftére des Bénédictins de *fan Bento* eft
un des plus beaux & des mieux rentés ; il eut
le malheur de fouffrir une incendie qui confu-
ma, le mois paffé, une partie de ce bel Edifice, d'où je vis fortir plus de vaiffelle d'argent
que fix mulets n'auroient pû porter. Le Palais
du Roi feroit un des plus fuperbe de l'Europe s'il étoit achevé ; mais il en coûteroit du
moins deux millions d'écus pour mettre cet
ouvrage dans fa perfection. La demeure
ordinaire des Etrangers, eft vers le *Remolar*,
& dans les Maifons de la Façade du Tage.
Je connois plufieurs Marchands François Catholiques & Proteftans, qui font un commerce confidérable dans ce Païs-là. Les premiers y font fous la protection de France, &
les feconds fous celle d'Angleterre ou de Hollande. On y peut compter auffi près de cinquante Maifons Angloifes, autant de Hollan-
doifes, & quelques autres Etrangers, qui s'en-
richiffent en très-peu de temps, par le grand
trafic des Marchandifes de leur Païs. Les *Baetas
d'Angleterre, qui font de petites étofes legéres
s'y débitent avantageufement. Les toiles de

* Etofes de Colchefter.

France, les étofes de foie de Tours & de Lion, les rubans, les dentelles, & la quinquaillerie raportent de gros profits, par les retours de fucre, de tabac, d'indigo, de cacao, &c.*L'*Alfandiga* du fucre & du tabac eft un des meilleurs revenus du Roi, auffi-bien que celle des foieries, des toiles & des draperies, qu'on eft obligé d'y tranfporter en fortant des Vaiffeaux pour y être plombées, moiennant certain tribut, proportioné à la valeur & à la qualité de ces effets. La *Merluffe* ou Moruë féche paie environ trente pour cent. Ce qui fait qu'on n'y gagne prefque rien ; fi ce n'eft en la † primeure. Le tabac en poudre & en corde, qui font en parti, comme je vous l'ai dit, fe vendent en détail au même prix qu'en France : Car le premier fe vend deux écus la livre , & le fecond cinquante fols, ou environ. On fraude aifément les droits de ces Doüanes , lorfqu'on eft d'intelligence avec les Gardes , qui font des fripons fléxibles au fon d'une piftole. Il n'entre ni male ni valife dans la Ville, qui ne foient vifitées par ces bonnes gens. Les galons, franges, brocars, & rubans d'or ou d'argent, font confifquez comme marchandifes de contrebande ; n'étant permis à qui que ce foit d'emploier de l'or ni de l'argent filez en fes Habits, non plus qu'en fes meu-

* Doüane.
† C'eft-à-dire dans le temps que les premiers Vaiffeaux de Terre-Neuve arrivent à Lifbonne.

bles. Les livres, de quelque langue qu'ils soient, entrent aussi tôt à l'Inquisition, pour y être examinez, & même brûlez, quand ils ont le malheur de déplaire aux Inquisiteurs. Ce Tribunal, dont un Médecin François nous a fait une description passionée, par la triste expérience des maux qu'il a soufferts dans les Prisons de *Goa* ; ce Tribunal, dis-je, qui jette plus de feux & de flâmes que le *Mont Gibel*, est si ardent, que pour peu que cette lettre en aprochât, elle courroit autant de risque de brûler que celui qui l'écrit. Ce n'est donc pas sans raison que je prens la liberté de garder le silence ; d'autant plus que les Titulaires du Royaume qui sont presque tous * *Familiers* de ce saint Office, n'oseroient eux-mêmes en parler. Il y a quelques jours qu'un sage Portugais m'informant des mœurs & des maniéres des Peuples d'*Angola* & du *Brezil*, où il avoit été plusieurs années, se faisoit un plaisir d'écouter à son tour le récit que je lui faisois des Sauvages de *Canada* ; mais lorsque j'en vins à la grillade des prisonniers de guerre qui tomboient entre les mains des *Iroquois*, il s'écria d'un ton furieux, que les *Iroquois* de Portugal étoient bien plus cruels que ceux de l'Amérique ; puisqu'ils brûloient, sans misericorde, leurs parens, & leurs amis, au lieu que les derniers ne faisoient endurer ce suplice qu'aux

* Chevaliers craintifs.

cruels

cruels ennemis de leur Nation. Les Portugais avoient autrefois une telle vénération
pour les Moines, qu'ils se faisoient un scrupule d'entrer dans la chambre de leurs é-
pouses, pendant que ces bons Peres les ex-
hortoient à toute autre chose qu'à la péniten-
ce. Mais il paroît aujourd'hui que cette liberté ne subsiste plus. Il faut avoüer aussi que
la plûpart ménent une vie si déréglée qu'ils
m'ont scandalisé cent fois par leurs débauches extraordinaires. Ils se servent des permis-
sions du Nonce du Pape pour exercer toute
sorte de libertinage. Car ce Ministre Papal,
dont le pouvoir est sans bornes envers les
Ecclesiastiques, leur permet, au refus de leurs
Superieurs, de porter le chapeau dans la Ville; (c'est-à-dire d'aller sans compagnon)
de coucher hors du Couvent, & même de
faire quelque séjour à la Campagne ou ailleurs. Ils seroient, peut être, plus sages, &
leur nombre plus petit, si on ne les obligeoit
pas de faire leurs derniers vœux à l'âge de
quatorze ans, aussi bien que les Religieuses.
La plûpart des carrosses de Portugal sont des
carrosses coupez, qu'on y porte de France. Il
n'y a que ceux du Roi & des Ambassadeurs
qui puissent être atelez avec six chevaux ou six
Mules. Les autres personnes, de quelque nation ou distinction qu'elles soient, n'en ont
que quatre dans la Ville, mais ils en peuvent

Tome III. G

mettre cent lorſqu'ils ſont hors de l'enceinte.
Il n'y a que les jeunes gens qui aillent ordinairement en carroſſe , car les Dames & les
Vieillards ſe ſervent de litiéres. Ces deux Voi-
tures ne ſont permiſes qu'aux Nobles , aux
envoiez , aux Réſidens , aux Conſuls, & aux
Eccleſiaſtiques. Ce qui fait que les plus riches
Bourgeois & Marchands ſe contentent d'une
eſpece de caléche à deux rouës , tirée par un
Cheval qu'ils conduiſent eux-mêmes. Les
Mulets , qui portent les litieres , ſont plus
grands, plus fins,& moins chargés d'encoleu-
re que ceux *d'Auvergne.* Le couple vaut ordinairement huit cens écus ; & même il y en a
qui ſe vendent juſqu'à douze cens ; ſur tout
ceux qu'on choiſit dans la Province du fameux *Don Guichot,* qui paroît aſſez éloignée de
Lisbonne. Les Mules qui tirent le carroſſe viennent de *l'Eſtramadure,* & le couple vaut cent
piſtoles , ou environ. Celles dont on ſe ſert
pour la ſelle , ainſi que les Mulets de charge ,
& les Chevaux d'Eſpagne , ſont de cent pour
cent plus chers qu'en Caſtille. Les jeunes
Cavaliers ſe proménent à cheval dans la Ville,
quand il fait beau tems , exprès pour ſe faire
admirer des Dames , qui , comme les Oiſeaux de cage n'ont que la ſeule liberté de regarder par les trous des * *Jalouſies* , les gens
qu'elles ſouhaiteroient attirer dans leur priſon.
Les Moines rantez ne ſont preſque point de
* *Feneſtres* à treillis, de l'ouverture du petit doigt.

viſite à pied, car leur Couvent entretient une
certaine quantité de Mulets de ſelle, dont ils ſe
ſervent alternativement. Il n'eſt rien de ſi plaiſant que de voir caracoler ces bons Peres dans
les ruës avec de grands chapeaux en pain de
ſucre, & des lunetes qui leur couvrent les trois
quarts du viſage. Quoique cette Ville ſoit
très-grande, & très-marchande, il n'y a cependant que deux bonnes Auberges Françoiſes
où l'on mange aſſez proprement, à trente &
cinq ſols par repas. Je ne doute pas que le nombre n'augmentât ſi les Portugais vouloient
donner dans le plaiſir de la bonne chere, alors
ils ne mépriſeroient pas, comme ils font, ceux
qui la recherchent avec empreſſement. Ils ne ſe
contentent pas d'avoir en horreur les mets
d'un Traiteur, le nom de cabaret leur eſt encore ſi odieux, qu'ils ne rendent jamais de viſite aux gens qui campent dans cette habita-
tion charmante; ſur ce pied-là, Monſieur,
vous pouvez conſeiller à vos amis qui ſeront
curieux de voiager en Portugal, & qui voudront faire quelque ſéjour dans cette Ville,
de ſe mettre en penſion chez quelque Marchand François. On peut faire ici très-bonne chere un peu cherement. La volaille
Dalemtejo, les liévres, les perdrix de *S. V-*
bal, & la viande de boucherie des *Algarves*,
ſont d'un goût merveilleux. Les jambons
de *Lamego* ſont plus exquis que ceux de *Maien-*
ce & de *Baione*; cependant cette viande

est tellement indigeste pour l'estomac des
Portugais, que sans la consomption qui s'en
fait chez les Moines, & chez quelques Inquisiteurs, on ne verroit guére de cochons
en Portugal. Les vins ont du corps & de la
force, sur tout les rouges, dont la couleur va jusqu'au noir. Ceux *d'Algréte* &
de *Barra à Barra*, sont les plus délicats & les
moins couverts. Le Roi n'en boit jamais; les
gens de qualité n'en boivent presque point,
non plus que les Femmes. La raison de ceci
est que *Venus* a tant de pouvoir en Portugal, qu'elle a toûjours empêché, par la force
de ses charmes, que *Bacchus* prît terre en ce
païs-là. Cette Déesse y cause tant d'idolâtrie, qu'elle semble disputer au vrai Dieu le
culte & l'adoration des Portugais, jusques
dans les lieux les plus sacrez. Car c'est ordinairement aux Temples & aux processions
que les engagemens se font, & que les rendez-vous se donnent. Ce sont les postes
* des *Bendarros*, des courtisanes & d'autres
Femmes d'intrigue secrete, qui ne manquent jamais de courir aux Fêtes qu'on cé-
lebre, au moins trois ou quatre fois la semaine, tantôt dans un Eglise & tantôt dans
l'autre. Ces Avanturiers ont un talent merveilleux pour faire d'un clin d'œil des décla-
rations d'amour à ces Donzelles, dont ils re-

* Ce sont des fanfarons du génie de Don Guichot, qui
ne font autre métier que de chercher des avantures.

çoivent la réponse par le même signal ; ce
qui s'apelle *Corresponder*. Il ne s'agit ens -
re que de découvrir leur maison en les suivant pas à pas, jusques chez elles, au sortir
de l'Eglise ; le fin du tour consiste à pousser
jusqu'au coin de la ruë sans s'arrêter ni
sans tourner la tête ; dès-que les bonnes Dames sont entrées chez elles, de peur que les
maris ou les Rivaux n'aient le contrechifre
de l'intrigue. C'est au bout de cette ruë que
la vertu de patience est tellement nécessaire
aux avanturiers, qu'ils sont obligez d'attendre deux ou trois heures une servante, qu'il
faut suivre jusqu'à ce qu'elle trouve l'ocasion
de faire son * *Recado* en toute sûreté. Il
faut se fier à ces bonnes confidentes, & même risquer sa vie sur leurs paroles & sur leur
adresse, car elles sont aussi rusées que fidéles à leurs Maîtresses, dont elles reçoivent
des presens, aussi-bien que des Amans, &
quelquefois des maris. Les Portugaises ca-
choient autrefois leurs visages avec le † *Manto*
& ne montroient qu'un œil, comme les Espagnoles font aujourd'hui : mais depuis qu'on
s'est aperçu que les Villes maritimes étoient
remplies d'enfans aussi blonds qu'en France,
& qu'en Angleterre, on a comdamné ces

---

* Le message, ou le mot du guet pour le rendéz-vous.
† *Manto*, voile de tafetas noir qui cachant absolu-
ment la taille & le visage, cachoit en même tems
bien des intrigues.

pauvres *Mantos* à ne plus s'aprocher du viíage des Dames. Les Portugais ont une si grande horreur pour les armes *d'Actéon*, qu'ils aimeroient mieux se couper les doigts que de prendre du tabac dans une tabatiere de corne. Cependant cette marchandise s'introduit ici comme ailleurs, malgré le fer & le poison, qu'on brave incessamment. Il ne se passe guére de mois qu'on n'entende parler de quelque avanture tragique, sur tout à l'arrivée des Flottes *d'Angola* & du *Brezil*. Le fort de la plûpart des gens de Mer qui font ces voiages est si fatal, qu'ils trouvent leurs épouses dans des Monasteres, au lieu de les trouver dans leur maison. La raison de ceci est, qu'elles aiment beaucoup mieux expier dans ces Prisons, les péchez qu'elles ont commis dans l'absence de leurs maris, que d'être poignardées à leur retour. Après cela, Monsieur, l'on n'a pas eû grand tort de representer *l'Ocean* avec des cornes de Taureau. Car, ma foi, presque tous les gens qui s'exposent au risque de ses caprices ont à peu près la même figure. La galanterie est donc ici trop scabreuse pour s'y attacher, puisqu'il y va de la vie. On y trouve des Courtisanes dont il faut tâcher d'éviter le Commerce. Car outre le danger de ruïner sa Bourse & sa santé, on court celui de se faire assommer. Les plus belles sont ordinairement * *Amezadas* par des gens qui les

* Amezadas, louées par mois.

font garder à vûë ; cependant, malgré cette précaution, elles se divertissent avec des gens sages aux dépens de ces foux. Ceux·ci font indispensablement obligez d'entretenir à force de presens l'amour & la fidélité prétenduës de ces *Lais* ; dont la possession est d'une cherté inconcevable. Les Religieuses reçoivent des visites assez fréquentes de leurs *Devotos*, qui ont plus de passion pour elles que pour les femmes du monde ; comme il paroît par les jalousies, les querelles, & mille autres désordres que l'amour peut causer entre des rivaux. Les Parloirs n'avoient autrefois qu'une grille simple, mais depuis que Milord *Grafton* suivi de quelques Capitaines de sa flotte, eut la curiosité de toucher les mains, &c. des Religieuses d'*Odivelas*, le Roi ordonna qu'on mît une double grille aux Parloirs de tous les Convens du Roiaume. Il suprima presque aussi tôt le droit des *Devotos* par la défense qu'il fit d'aprocher des Monastéres, sans cause légitime, qu'il est facile de suposer, lorsqu'on est assez fou de soûpirer pour ces pauvres filles. Les Portugais ont l'esprit vif, ils pensent hardiment, & leurs expressions égalent assez bien la justesse de leurs idées. Il se trouve chez eux de bons Phisiciens & bons Casuistes. Le célébre *Camœns* étoit, sans contredit, un des plus illustres Citoyens du Parnasse. La fécondité de ses belles pen-

G 4

fées, le choix de fes paroles, & l'air poli &
dégagé avec lequel il a parlé, ont charmé
tous ceux à qui la langue Portugaife eſt aſſez
familiere. Il eſt vrai qu'il a eû le malheur
d'avoir été brocardé par *Moreri* & par quelques auteurs Eſpagnols, leſquels n'aiant pû
s'empêcher d'avouër qu'il n'eſt pas permis
d'avoir plus d'eſprit que ce Poëte infortuné,
l'ont traité d'incrédule & de profane. Un
Moine Catalan ſe récrie ſur cent endroits de
ſes *Luziadas Endechas Eſtrivillas*, &c. en le
traitant d'impie & d'évaporé. J'en citerai
deux ici. Le premier eſt la chûte d'un ſon-
net intitulé *ſoneta Nao impreſſo*, où il dit,
après quelques réfléxions : *Mais o melhor de
tudo e crer in Chriſto*. C'eſt-à-dire, *après
tout le plus ſûr eſt de croire en Chriſt*. Le ſecond eſt auſſi la fin d'une *Gloza* ; le voici.
*Si Deus ſe Buſca no mundo neſſes olhos ſe a-
chara*. Cela veut dire, parlant à une Dame,
*ſi l'on cherche Dieu dans le monde, on le
trouvera dans vos yeux*. Les Prédicateurs
Portugais élevent leurs Saints preſque au-
deſſus de Dieu, & pour leur faire valoir leurs
ſoufrances, ils les logent plûtôt aux écuries
qu'en Paradis. Ils finiſſent leurs ſermons
par des exclamations & des cris ſi touchans,
que les femmes pleurent & ſoûpirent comme de pauvres deſeſpérées. On tient ici le
mot d'Hérétique pour un titre fort infâ-
mant ; la ſignification en eſt même très-

odieufe. Les Prêtres & les Moines ont autant
d'horreur pour *Calvin*, à caufe de la confeffion retranchée, que les Réligieufes ont d'e-
ftime pour *Luther*, à caufe de fon mariage
monaftérifé ; on a fait ici des proceffions tous
les Vendredis du Carême d'un bout de la
Ville à l'autre. J'ai vû plus de cent difcipli-
nans vétus de blanc, lefquels aiant le vifage
couvert & le dos nud, fe foüétoient de fi
bonne grace que le fang rejailliffoit fur le vifage des femmes, qui étoient affifes le long des
ruës, exprès pour chanter poüille aux moins
enfanglantés. Ils étoient fuivis d'autres maf-
ques portant des croix, des chaînes, & des
faiffeaux d'épées d'une pefanteur incroiable.
Les Etrangers font prefque auffi jaloux que
les Portugais, ce qui fait que leurs femmes
craignent de fe montrer aux meilleurs amis
de leurs époux. Ils affectent de fuivre la fé-
rité Portugaife avec tant d'exactitude, que
ces captives n'oferoient lever les yeux. Cela
n'empêche pas que le malheur, dont ils tâchent de fe preferver, ne leur arrive fouvent,
malgré leurs précautions. On voit ici des
gens de toutes fortes de couleurs, des noirs,
des mulâtres, des bafanez, des olivâtres.
Mais la plûpart font *Trinquenhos*, c'eft-à-dire,
de la couleur de bled. Ce mélange de teints
diférens fait voir que le fang eft fi mêlé dans
ce Roiaume, que les véritables blancs y font
en très-petit nombre. Ce qui fait qu'on ne

G 5.

fçauroit plus noblement exprimer, *Je fuis homme ou femme d'honneur*, qu'en ces termes, ou *fon Branco* ou *Branca*, qui fignifie, *je fuis blanc* ou *blanche*. On peut marcher dans la Ville nuit & jour, fans craindre les filoux. On trouve jufqu'à trois ou quatre heures après minuit, des joüeurs de Guitarre, qui joignent à la douceur de cet inftrument des airs auffi lugubres que le *de Profundis*; les danfes du menu peuple font indécentes par les geftes impertinens de la tête & du ventre. La mufique inftrumentale des Portugais choque d'abord l'oreille des Etrangers, mais au fond elle a quelque chofe d'agréable, qui plaît lorfqu'on y eft un peu accoûtumé. Il n'en eft pas de même de leur mufique vocale, car elle eft fi rude, & fes diffonances font fi mal fuivies, que le chant des Corneilles eft plus mélodieux. Tous les motets qu'ils chantent dans les Eglifes, font en langue Caftillane, auffi-bien que leurs Paftorales, & la plûpart de leurs Chanfons. Ils tâchent d'imiter les manieres des Efpagnols, autant qu'il leur eft poffible; même jufqu'au cérémonieI de leur Cour, auquel on fe conforme fi ponctuellement, que les Miniftres feroient au defefpoir d'en retrancher les moindres formalitez. L'habit de cérémonie du Roi & des Seigneurs eft femblable à celui de nos Financiers, étant compofé d'un jufte-au-corps noir, accompagné d'un manteau de même couleur, d'un grand colet ou rabat de point de Venise, d'une perruque longue avec l'épée & la dague. On donne aux Ambassadeurs le titre d'*Excellentia*, & aux Envoiez & Résidens celui de *Senhoria*. Le Port de Lisbonne est grand, sûr & commode, quoique l'entrée en soit extrémement difficile ; les Vaisseaux moüillent dans le Tage entre la Ville & le Château d'*Almada* à 18. basses d'eau sur un fond de bonne tenuë Cette Riviere que les Portugais apellent, *O Rey dos rios*, c'est-à-dire le Roi des Rivieres, a près d'une lieuë de largeur dans cet endroit-là ; où la marée monte ordinairement deux pieds à pic, & plus de dix lieuës en avant vers sa source. Il est expressément défendu à tous Capitaines de Vaisseaux de guerre & marchands, étrangers ou de la nation, de saluër la Ville au bruit du canon, ni même d'en tirer un seul coup sous quelque prétexte que ce puisse être. Les Consulats de France, d'Angleterre & de Hollande rendent cinq ou six mille livres de rente aux Consuls de ces trois Nations, qui trouvent outre cela le moien d'en gagner autant par le commerce qu'ils font. Voilà, Monsieur, tout ce que je puis vous aprendre aujourd'hui de ce beau païs qui seroit, à mon avis, un Paradis terrestre, s'il étoit habité par des Païsans moins Gentilshommes que ceux-ci. Le climat est charmant & merveilleux, le ciel clair & serain, les eaux merveilleuses, & l'hiver si doux, que

G 6

je ne me fuis pas encore aperçû du froid. Les
gens y vivent des fiécles entiers fans que le
faix des années les incommode. Les Vieillards
n'y font point acablez d'infirmitez, comme
ailleurs, l'appetit ne leur manque point, &
leur fang n'eft pas fi deftitué d'efprits, qu'ils ne
puiffent donner quelquefois à leurs Epoufes
des marques d'une fanté parfaite. Les fiévres
chaudes font du ravage en Portugal, & les
maux vénériens y regnent avec tant d'huma-
nité que perfonne ne cherche à s'en défaire.
Le mal de * Naples, qu'on dit être le plus en
vogue, tourmente fi peu les gens qui le confervent, que les Médecins mêmes qui l'ont fe
font fcrupule de le chaffer, parce qu'il s'obftine à revenir toûjours à la charge. Les Officiers de juftice ont un air de fierté & d'arrogan-
ce infuportables, fe voyant authorifez d'un
Roi très-févére Obfervateur des Loix. C'eft
ce qui les encourage à chercher noife au peuple, dont ils recoivent affez fouvent de cruelles
aubades. Il y a quelque temps que le Comte
De Prado, gendre de Mr. le Maréchal de Ville-
roi, prit la peine d'envoier à l'autre monde
un infolent † Corrigidor, qui fe feroit bien
paffé de faire ce voyage. Ce Gentilhomme,
qui étoit en caroffe avec fon Coufin, rencontra
prés d'un coin de ruë cet Officier de Juftice
monté comme un St. George, & par malheur,

* C'eft à dire le gros-mal ou bien le mal de qui l'a.
† C'eft à dire, Intendant ou Juge de Police.

fi fier de fon Emploi qu'il ne daigna pas rendre le falut à ces deux Cavaliers. Je vous ai
déja dit que les Seigneurs Portugais font les
gens du monde les plus vains; fur ce pied vous
ne ferez pas furpris que ceux-ci foient décen-
dus de Caroffe & qu'enfuite le Comte *De*
Prado ait fait faire au *Corrigidor* le fault de
la vie à la mort, dés qu'il eût fauté de fon cheval à terre. Un François diroit que le mépris
ou l'inadvertance de cet Intendant ne mé-
ritoit pas un traitement fi rude : mais les
Titulaires Portugais, lefquels fe couvrent devant le Roi, n'en conviendront pas; quoiqu'il
en foit, ils fe fauvérent chez Mr. Sablée *d'E-*
trées, qui les fit paffer en France dans une
Frégate de *Breft*. Au refte, voici l'état des forces du Roi de Portugal; 18. mille hommes
d'Infanterie, 8. mille de Cavalerie, & 22.
Vaiffeaux de guerre, fçavoir,

4. Vaiffeaux depuis 60. Canons jufqu'à 70.
6. Vaiffeaux depuis 50. Canons jufqu'à 60.
6. Vaiffeaux depuis 40. Canons jufqu'à 50.
6. Fregates depuis 30. Canons jufqu'à 40.

Vous remarquerez que ces Bâtimens font
un peu legers de bois, d'une bonne conf-
truction, & d'un beau gabarit, étant raz pincez
& de façons bien évidées. Les Arfenaux de
Marine font en mauvais ordre, & les bons

Matelots font aussi rares en Portugal, que les bons Officiers de Mer, parce qu'on n'a pas eû le soin de former des Classes de Mariniers, d'établir des Ecoles d'hidrographie, & de pourvoir à mille autres choses nécessaires, qui seroient de trop longue discussion. On accuse les Portugais d'être un peu lents à manœuvrer, & d'être moins braves par mer que par terre.

Les Capitaines de Vaisseaux ont en général 22. *patacas* par mois, & leur table païée lors qu'ils sont en mer, avec quelques profits.

Les Lieutenans ont 16. *Patacas* par mois.

Les Enseignes ont 10. *Patacas* par mois.

Les bons Matelots ont 4. *Patacas* par mois.

Les Capitaines d'Infanterie ont de solde & de revenant bon en paix comme en guerre, environ 25. *Patacas* par mois.

Les Alusiers, qui sont des espéces de Lieutenans, 8. *Patacas*.

Les Soldats environ 3. Sous de nôtre monnoie par jour.

Les Capitaines de Cavalerie ont de solde & de revenant bon en temps de Paix environ 100. *Patacas* par mois.

Les Lieutenans ont à peu près 30. *Patacas* par mois.

Les Maréchaux de Logis près de 15. *Patacas* par mois.

Les Cavaliers ont le fourrage & 4. Sous par
jour.

A l'égard des Officiers Généraux de Terre
& de Mer, on auroit de la peine à fçavoir au jufte à combien leurs apointemens ont acoutu-
mé de monter ; car le Roi donne des pen-
fions aux uns , & des Commanderies aux autres, ainfi qu'il le juge à propos Les Colonels,
les Lieutenants Colonels, & les Majors d'Infanterie, les Meftres de Camp de Cavalerie, &
les Commiffaires , n'ont point auffi de paie
fixe. Les uns ont plus, les autres moins : cela dépend des quartiers où font leurs Troupes,
& de la quantité de leurs Soldats ou Cavaliers.
Ces troupes font mal difciplinées les Habits des
Cavaliers & des Fantaffins ne font point uni for-
mes ; les uns font vétus de gris, de rouge, de
noir ; les autres de bleu , de vert, &c. leurs armes font bonnes , & les Officiers ne fe fou-
cient guére qu'elles foient luifantes, pourvû
qu'elles foient en bon état ; quoiqu'il en foit,
on auroit de la peine à croire que ces Troupes firent des merveilles contre les Efpagnols pendant les derniéres guerres : il falloit
apparemment qu'elles fuffent mieux réglées
en ce temps-là qu'elles ne font aujourd'hui, &
que l'ufage des guitarres les occupât moins
qu'il ne fait à prefent. Voici en quoi confiftent
des Monoies du Païs.

La Piaftre d'Efpagne ou Piéce de huit, que

les Portugais appellent *Pataca*, vaut comme l'écu de France.   750. Reis.

Les demi & les quarts valent à proportion.

Un Reis est un denier, comme je l'ai déja dit.

Un Vingtain qui est la plus petite monnoie d'argent vaut   20. Reis.

Un Teston vaut   5. Vingtains.

Le demi Teston à proportion.

Une Cruzada vieille vaut   4. Testons & 4. Vingtains.

Une Cruzada nouvelle vaut   4. Testons.

La Mœda d'Ouro, qui est une Piéce d'or vaut.   6. Patacas, & 3. Testons.

Les demi-Mœdas & les quarts valent à proportion.

Les Loüis d'or vieux ou neufs valent également 4. Piastres, moins 2. Testons.

Les demi & les quarts à proportion.

Les Pistoles d'Espagne de poids valent aussi 4. Piastres, moins 2. Testons.

Surquoi il y a du profit à tirer en les envoiant en Espagne, où elles valent justement quatre Piastres.

L'Efigie du Roi de Portugal ne paroît sur aucuns de ces Monnoies, & l'on ne fait point ici de différence entre les Piastres de *Feüille*, du *Mexique* & du *Perou*, comme on fait ailleurs.

Au reste, vous remarquerez qu'aucune Monnoie de France n'a cours ici, si ce n'est les Ecus, les demi, & les quarts.

Les 128 ℔ de Portugal, péfent un quin-
tal de Paris, compofé de 100. ℔ .... Le
Cabido eft une mefure qui excedant la demi
aulne de *Paris* de 3. pouces & 1. ligne a juftement 2. pieds de France 1. pouce & 1. Ligne. La *Bara* eft une autre mefure; il en
faut fix pour faire dix *Cabidos*. La lieuë de
Portugal eft compofée de 4200. pas géometriques de cinq pieds chacun. Je ne vous
parlerai point des intérêts du Roi de Portugal, puifque je ne veux point entrer dans
les affaires de la politique. D'ailleurs, je vous
ai dit que je ne prétendois vous écrire autre
chofe fi ce n'eft des bagatelles qu'on ne s'eft jamais avifé de faire imprimer, fans cela je vous
enverrois un détail des differens Tribunaux ou
Siéges de Juftice, & quelques échantillons des
Loix de ce Roiaume. Je vous aprendrois
que ce Parlement & cet Archevêché font un
des plus beaux ornemens de cette Capitale;
que les Bénéfices Ecléfiaftiques font d'un
grand revenu; qu'il n'y a point d'Abaies Com-
mendataires; que les Réligieux ne font pas
fi bien rantez qu'on s'imagine, & qu'ils ne
font pas trop bonne chere. Je vous dirois encore que l'Ordre du Roi s'appelle *l'Habito de
Chrifto*, fi Madame *de Launoi* ne vous l'avoit
apris en racontant fon admirable inftitution.
Je me contenterai d'ajoûter feulement que
le nombre des Chevaliers de cet Ordre furpaffe extrémement celui de fes Commande-

ries, lesquelles sont de très-peu d'importance. Je me borne à present aux faits que cette Lettre contient. Peut-être pourrai-je revenir encore une fois dans cette Ville Roiale, d'où je compte de partir incessamment, pour aller vers les Roiaumes du Nord, en attendant qu'il plaise à Monsieur de * * * d'aller en Paradis, ou de rendre justice à celui qui vous sera toûjours plus qu'à lui, très-humble, &c.

A Lisbonne ce 10. *Avril* 1694.

MONSIEUR,

JE partis de Lisbonne le 14. d'Avril, après avoir fait marché avec un Capitaine de Vaisseau Portugais, qui s'engagea de me porter à Amsterdam, pour trente Piastres. J'eus en même tems la précaution de me pourvoir d'un Passeport du Résident de Hollande, afin qu'on ne m'arrêtât pas en passant dans ce païs-là. Je décendis ensuite en bâteau jusqu'au lieu nommé *Belin*, qui n'est éloigné de Lisbonne que de deux lieuës seulement. C'est dans ce petit Bourg que tous les Vaisseaux Marchands qui vont & qui viennent, sont obligez de * raisonner au grand Bureau, d'y porter leurs factures, & leurs Connoissemens, afin de paier les droits de leurs Cargaisons. Le 16. nous sortîmes de la Riviere du Tage, en suivant le

_____

*C'est-à-dire, de montrer leurs Passeports & leurs Connoissemens,

feillage d'une Flotte de la Mer Baltique ef-
cortée par un *Lubekois* nommé **Creuger** anobli
par le Roi de Suéde , quoique matelot d'origine,& qui montoit alors un vaiſſeau de guerre Suédois de 60. canons. Nous paſſâmes la
barre par le grand *Chenail*, apellée la grande
* *Paſſe* , ſituée entre le fort de **Bougio** & les
Cachopas qui eſt un grand Banc de ſable &|de
roches de trois quarts de lieuës de longueur,
& d'une demie de largeur;ſur lequel il eſt dangereux d'être porté par les marées , lorſqu'il
fait calme. Vous remarquerez que nous aurions pû paſſer entre ce même Banc & le Fort
Saint Julien ,. ſitué du côté du Nord ou de
Liſbonne, vis à-vis de celui de **Bougio** , ſi nous
euſſions eû des Pilotes du lieu ; mais comme
nôtre Capitaine Portugais ſuivoit la Flotte
dont je vous parle, il étoit inutile de chercher
cette derniere route. Nous ne fûmes pas plûtôt au large en pleine mer , au milieu de cette Flotte du Nord , que le brutal Commandant qui la convoioit , arrivant ſur nous à
pleines voiles envoia un coup de canon à
boulet à l'avant de nôtre Vaiſſeau , & qu'il
détacha ſon Lieutenant pour ſignifier à nôtre pauvre Patron qu'il eût à paier ſans ceſſe
deux Piſtoles pour la canonade , & à s'é-
loigner auſſi-tôt de ſa Flotte, à moins qu'il
ne voulût paier cent Piaſtres pour le droit

---

* Paſſe , c'eſt un Chenail ou paſſage entre deux
Bancs ou deux Iſles , &c.

d'escorte ; ce qu'il refusa de très-bonne grace. Laissons cette affaire à part, afin de vous dire que la barre de Lisbonne est inaccessible pendant que les gros coups de vent d'Oüest & de Sud-Oüest soufflent avec impétuosité : ce qui n'arrive ordinairement qu'en hiver. Ajoûtons à cela que les vents de *Nord* & de *Nord-Est* y regnent huit mois de l'année, avec assez de modération. Ce qui fut cause que nôtre navigation, depuis l'embouchûre du *Tage*, jusqu'au Cap de Finisterre, fut plus longue que celle qu'on fait le plus souvent de l'Isle de Terre-Neuve en France. Je n'ai jamais vû de vents plus obstinez que ceux-là. Cependant nous en fûmes quittes pour louvoier le long des Côtes, dont nos Portugais n'oférent s'éloigner à cause des *Salteins* qu'ils craignent plus que l'enfer. Enfin, nous gagnâmes le Cap de Finisterre après 18. ou 20. jours de navigation. Ensuite, les vents s'étant rangez au Sud Oüest, nous en profitâmes si bien qu'au bout de dix ou douze jours nous reconnûmes l'Isle de *Garnezei.* Il est vrai que sans le Pilote François qui conduisoit le Navire, nous eussions donné plusieurs fois aux Côtes de la * *Manche*, car il faut que vous sçachiez que les Portugais ne connoissent point ces Terres, par le peu d'habitude qu'ils ont dans les Mers du Nord. Ce qui fait qu'ils

* Ou Canal Britannique.

font obligez de se munir en Portugal de Pilotes étrangers , lorsqu'il s'agit d'aller en Angleterre ou en Hollande. Le jour que nous découvrîmes cette Isle , deux gros Vaisseaux Anglois chassant sur nous à pleines voiles, gagnérent nôtre bord en trois ou quatre heures. L'un étoit de guerre du port de 60. canons , & l'autre un Capre de 40. piéces, dont le Capitaine nommé *Couper* , avoit aussi les inclinations naturelles de couper les bourses , comme vous verrez. Ils ne fûrent pas plûtôt à bord de nôtre Vaisseau, qu'il fallut amener & mettre la Chaloupe à l'eau ; ce qui fit que je m'embarquai pour porter au Commandant , apellé Monsieur *Tonzein* , le passeport du Résident de Hollande, que je pris à Lisbonne. Celui-ci me fit toutes les honnêtetez possibles , jusques-là qu'il me jura que toutes mes hardes seroient à l'abri de la rapine dudit Couper , qui, selon les principes des gens de son métier, prétendoit me piller, avec aussi peu de scrupule que de miséricorde. Cependant , la visite de nôtre Vaisseau ne pouvant se faire qu'à la rade de *Garnezei* , on l'y conduisit le même jour ; & dès que nous eûmes tous moüillé l'ancre , les deux Capitaines Anglois descendant à terre envoiérent des visiteurs à nôtre bord , pour tâcher d'avérer si les vins & les eaux de vie de nôtre cargaison étoient du cru de France , ou pour le compte des François ; ce qu'il fut impoffible de prouver après quinze jours de recherche & de perquifitions , comme je l'apris hier à Lubec. Il eft queftion de vous dire que ce fâcheux contretems me fit réfoudre à m'embarquer cinq ou fix jours après dans une Frégate Zélandoife , de * Zériczée , après avoir fait préfent au Capitaine *Tenzein* de quelques Barils de vin d'*Allegréte* , d'une Caiffe d'oranges , & de quelque vaiffelle cizelée † *d'Eftrenos* , en reconnoiffance de fa bonne chere & du bon traitement qu'il daigna me faire à fon Bord , comme à terre. Ce fecond embarquement me fut plus favorable que le premier ; car j'arrivai le 3. jour de navigation à Zériczée , d'où je m'embarquai dans une *Semaque* de paffage qui me porta jufqu'à *Roterdam* entre les Ifles , à la faveur du vent & des marées. Cette derniere Ville eft grande , belle , & très-marchande ; j'eus le plaifir de voir en deux jours le Collège de la *Meufe* , les Arlènaux de Marine , & la grande Tour que l'induftrie d'un Charpentier fçut remettre dans fon affiette perpendiculaire , dans le tems que la pente de cet Edifice monftrueux faifoit craindre qu'il ne tombât fur la Ville.

* Ville des Zélandois.
† Ville prefque frontiere de Portugal à l'Eftra-madure.

Je vis auffi la Maifon du fameux *Erafme*.
Après avoir confidéré la beauté du Port, ou
de la *Meufe*, dont l'entrée eft tout-à-fait
dangereufe, à caufe de quelques bancs de
fables qui s'étendent affez loin dans la pleine mer. Au refte, le Commerce de *Roterdam* eft très-confidérable, & les Marchands ont la facilité de faire venir leurs
Vaiffeaux aux portes de leurs Magafins par
la commodité des Canaux, dont cette grande Ville eft entrecoupée. Deux jours après
à cinq heures du matin, je me fervis d'une
efpece de Coche d'eau pour aller à *Amfterdam*. C'eft un Bâteau couvert à varangue platte, long & large, dans lequel il
régne un banc de chaque côté de prouë à
pouë ; un cheval eft fuffifant pour tirer cette Voiture, avec laquelle on fait une lieuë
par heure, moiennant 3. fols & demi de
nôtre monnoie par lieuë. Ils partent à toute heure pleins ou vuides, pour toutes les
principales Villes de Hollande ; mais il faut
fouvent traverfer des Villes pour changer de
voiture. Je traverfai celles de *Delft*, de
Leide, & de *Harlem* qui me parurent
grandes, belles & propres, enfuite j'arrivai
à *Amfterdam* fur le foir, aprés avoir navi-
gué douze lieuës fur des Canaux bordez de
bois, de prairies, de jardins, & de maifons d'une beauté finguliere. Dès que je
fûs à l'Auberge, mon Hôte me donna

un Conducteur, qui me fit voir en sept ou huit jours tout ce qu'il y a de plus curieux dans cette florissante Ville ; quoique je l'eusse pû faire en trois ou quatre jours, s'il eût été possible de trouver des Carosses de loüage, comme à Paris, ou ailleurs. Elle est belle, grande, & nette. La plûpart des Canaux sont bordez de très-jolies Maisons, il est vrai que l'eau crou; issant dans ces grands Réservoirs, sent mauvais au tems des grandes chaleurs. Les Maisons sont presque uniformes, & les ruës tirées au cordeau. *L'Hôtel de Ville* est bâti sur des Pilotis, quoique cette masse de pierre soit extrêmement pesante. Elle est enrichie de plusieurs belles piéces de Sculpture & de Peinture, & même ornée de quelques Tapisseries de haut prix. On y voit des pierres de marbre, de jaspe, & de porphire d'une beauté achevée, mais ce n'est rien en comparaison des écus qui moisissent sous les voûtes de ce monstrueux édifice. La *Maison de l'Amirauté* est encore une bonne piéce, aussi-bien que son Arsenal. Le *Port*, qui n'a guére moins d'un grand quart de lieuë de front, étoit si couvert de navires, qu'on eût pû sauter des uns aux autres assez facilement. Je vis quelques Temples assez curieux, sans compter la *Synagogue* des véritables Juifs, qui y ont l'exercice public de leur vénérable Secte, en considération de son ancienneté. Les Eglises Catholiques,

Luthé-

Luthériènes, &c. y font tacitement tolérées
& l'on y prie Dieu à portes fermées, fans cloches ni carrillons. J'eus le plaifir de voir auffi les maifons des Veuves & des Orphelins,
& même celles des Scelerats & des pécheref-
fes qui travaillent fans ceffe, pour l'expiation
de leurs pécadilles. La *bourfe* eft une piece
d'Architecture affez grande pour contenir
8000 hommes. Mais, ce que j'ai vû de plus
fuperbe, ce font dix ou douze maifons de *mu-*
ficos, ainfi nommées à caufe de certains inftrumens de mufique pitoiablement animez,
au fon defquels un tas de coureufes font donner dans le piége, les gens qui ont le courage
de les regarder fans leur cracher au vifage.
Elles s'attroupent dans ces Serrails, dès-qu'il
eft nuit. Dans les uns on joüe des Orgues, &
dans les autres du Claveffin, ou de quelques
autres inftrumens eftropiez. On voit dans une
grande Chambre de plein pié, ces hideufes
Veftales habillées de toutes pieces, & de toutes coüleurs, par le fecours des Juifs, qui
leur loüent des coëfures & des habits, qu'ils
ont confervé pour cet ufage de pere en fils,
depuis la deftruction de *Jerufalem*. Tout le
monde y eft fort bien reçû, moiennant dix ou
douze fous qu'il faut paier, en entrant, pour
un verre de vin, capable d'empoifonner un
Elephant. On voit entrer un gros Matelot
fa pipe à la bouche, fes cheveux gluans de
fueur, & fa culote de gouldron colée fur le

Tome III.   H

cuiſſis; faiſant des S juſqu'à ce qu'il tombe aux
pieds de ſa Maîtreſſe. Enſuite il entre un Laquais demi ſaoul, qui vient chanter, danſer
& boire de l'eau de vie pour ſe deſennivrer.
Celui-ci eſt ſuivi d'un ſoldat qui tempête &
fulmine à faire trembler ce Palais, ou d'une
troupe d'avanturiers, qui portent le manteau ſur le nez, pour faire le Diable à quatre,
& ſe faire aſſommer de cinquante coquins
plus brutaux que des Anes. Enfin, Monſieur,
c'eſt un amas de toutes ſortes de Vauriens,
qui, malgré l'odeur inſupportable du tabac &
du pied de meſſager, demeurent dans ce Cloa-
que juſqu'à deux heures après minuit, ſans
rendre tripes & boiaux. C'eſt tout ce que
j'en ſçai pour le preſent. Je vis quelques
Marchands François Catholiques en paſſant
par cette fameuſe Ville, dont les principaux
ſont les ſieurs de *Morraïn* & *Darreche* Baio-
nois, & gens de mérite & de probité, qui ont
acquis déja beaucoup de bien & de réputation. On m'a dit qu'il y avoit auſſi un très-
grand nombre de réfugiez, entre leſquels il
s'en trouvoit qui ont établi des manufactures,
où les uns ſe ſont enrichis, & les autres entierement ruïnez. Ceci prouve que le refuge
a été favorable aux uns, & fatal aux autres.
En effet, il eſt conſtant que tel a porté de
l'argent en Hollande, s'y voit miſerable
aujourd'hui, & tel autre qui n'avoit pas une
obole en France, s'eſt fait Créſus dans

LE
DANEMARK
Suivant les derniere
Relations.
Par N. de Fer.

OCEAN

30   31

56

cette République. Il me reſte à vous dire,
qu'il n'eſt point de Païs au monde, où les bonnes Auberges ſoient plus cheres qu'en celui-
là. On y fait paier le lit & le feu à proportion
des repas, dont on paie un demi *Ducaton*
qui vaut 41. ſols de France, ſur le pied du
change preſent. De ſorte que pour le ſou-
per, le dîner, le lit, & le feu du Maître &
du Valet, il en coûte au moins 8. florins de
nôtre Monnoie. Voici en quoi contiſtent
celles de Hollande.

Un *Ducaton* vaut 3. Florins 3. ſous. Un é-
cu blanc 50. Sous, une Livre 20. Sols. Un
Scalin. 6 Sols. 1 Sol 16. Deniers.

Voici quelques meſurés de Hollande.
La lieuë a près de 3800. pas Géometriques.
L'aune eſt d'un pied 10. pouces, & 2. li-
es de France.
La ſ eſt égale à celle de Paris.
La pinte eſt égale à la Chopine de Paris.
C'eſt tout ce que je puis vous dire de ce Païs-là.

Quand je partis d'*Amſterdam* pour aller à
Hambourg, je pris la voie la plus douce, & la
moins chere, qui eſt celle de l'eau. J'avois
réſolu d'arrêter une place dans le chariot de
Poſte ; mais on m'en détourna d'abord, à
cauſe des riſques que j'aurois couru d'être arrêté ſur les terres de quelques Princes d'Allemagne, où l'on eſt obligé de montrer ſes

Paſſeports : ce conſeil épargna ma bourſe , &
ma perſonne , car il m'en eût coûté quarante écus par cette voiture, pour maître & valet ; au lieu que j'en fus quitte pour 5. dans le
Boier où je m'embarquai : Il en part deux
toutes les ſemaines pour Hambourg expreſſément , pour y porter des Paſſagers , qui peuvent loüer de petites cahutes ménagées dans
ce bâtiment, pour la commodité des gens qui
veulent être en particulier. Ces *Boiers* ſeroient tout-à-fait propres à naviguer dans le
Fleuve S. *Laurent* par la côte du Sud , depuis ſon embouchûre juſqu'à *Quebec* , & ſur
tout de *Quebec* juſqu'à *Montreal*. Ils ſeroient
meilleurs que nos barques pour cette navigation , par cinq ou ſix raiſons , que je vous expliquerai. Premierement , ils callent la moitié
moins que nos barques de même port; ils preſentent à 4. quarts de vent; on les navigue à peu
de frais , c'eſt-à-dire avec moins *d'Agrez* &
Apparaux , & de matelots que nos barques.
Ils peuvent * *Virer le bord* d'un clin d'œil ;
au lieu qu'il faut cinq ou ſix minutes à nos barques pour cette manœuvre. Ce qui fait qu'elles donnent quelquefois à la côte en † refuſant

* *Virer le bord*, c'eſt changer de bord, lorſqu'on louvoie , c'eſt-à-dire mettre la prouë & les voiles au contraire de ce qu'elles étoient avant que de virer de bord.

† *Refuſer* c'eſt quand un bâtiment ne veut pas
tourner au vent , lorſqu'il eſt queſtion de virer de
bord , en preſentant la prouë , preſque au même endroit où il avoit la poupe.

ils peuvent toucher sur le sable & sur le gra-
vier sans risque, étant construits à Varangue
demi plate, pendant que nos barques qui sont
pincées & de façons évidées, ne sçauroient é-
choüer sous voiles sans se briser. Voilà Mon-
tes les avantages que ces bâtimens ont sur les
nôtres, ainsi vous pouvez hardiment écrire
aux marchands de laRochelle qui font le commerce de Canada, que ces Boiers leur seroient
d'une très-grande utilité dans ce Païs-là ; &
vous les obligerez de leur en donner en même
tems les dimensions suivantes, qui sont les
principales de celui dans lequel je m'embarquai, & qui est un des plus petits qu'on fasse en
Hollande. Il avoit 42. pieds de longueur,
depuis l'étrave jusqu'à l'estambord, sur 10.
piez de Bau. Le fonds de scale avoit 8. piez de
large, & cinq de creux, ou environ. La
cabane de proüe avoit six piez de longueur ;
elle étoit accompagnée d'une petite cheminée dont le tuiau sortoit sur le pont, au
pied du virevaut. Celle de poupe étoit de
même grandeur, & son tillac étoit élevé de
trois piés au-dessus du Pont ; la barre de
son éfroiable Gouvernail passoit sur la route
de cette Cahute. Ce petit bâtiment sans
façons, avoit des *Varangues* presque aussi-
plates que les *Chalands* de la Seine. L'estra-
ve avoit cinq piés d'équestre, & l'estambord
environ 10. pouces. Son Vibord étoit à peu
près d'un pié & demi d'élevation ; son mât

avoit plus de 30. piez de haut, fur 10. pouces de Diametre ; fa voile avoit à peu près
la figure d'un triangle rectiligne. Il avoit des
femelles, qui font des efpeces d'aîles, dont
les charpentiers connoiffent fort bien l'utilité. Enfin, pour en être mieux éclairci, vous
pouvez écrire en Hollande, d'où l'on pourra vous en envoier un modéle en bois; car,
quelque defcription que je vous en faffe, les
charpentiers François n'y connoîtront prefque rien. Il en eft de ceci comme de certains inftrumens de Mathématique, ou d'autres machines, dont les plus habiles gens ne
fçauroient s'en faire une idée jufte, à moins
qu'ils ne les voient.

Cette navigation d'*Amfterdam* à *Hambourg*,
fe fait par les *Wat*, c'eft-à-dire entre la terre
ferme & une chaîne d'Ifles fituées à deux ou
trois lieuës au large, autour defquelles la
marée monte & décend, comme ailleurs.
Vous remarquerez qu'il y a des *Chenaux* entre ces Ifles & la terre ferme, qui font plus
profonds que le refte du Terrain, qu'on découvre à droit & à gauche, lequel afféche
toutes les marées. Il eft aifé de fuivre ces
Chenaux par le moien de certaines *Balizes*,
ou *Abriffeaux*, plantées fur le fable de diftance à autre. Dès que la marée eft à demi
baute, on peut lever l'ancre, en fuivant ces
chenaux, quoiqu'ils ferpentent extrêmement,
& même il eft facile de louvoier à la faveur

du couraut , quand le vent eſt contraire , juſqu'à ce que la mer vienne au point d'être
preſque baſſe. Car alors il faut que le bâtiment échoüe ſur le ſable , & demeure enſuite
tout-à-ſait à ſec. Je vis plus de trois cens
Boiers plus grands que le nôtre , durant le
cours de cette navigation , qui me paroît
auſſi ſûre que celle d'une Riviere , à la réſerve d'un trajet de 1 o. lieuës,qu'on eſt obligé de ſaire en pleine mer , depuis la derniere
Iſle juſqu'à l'embouchûre de *l'Elbe*. Les
marées montent 3. braſſes à pic , depuis l'entrée de cette riviere juſqu'à *Lanxembourg*
ſitué à dix ou douze lieuës au deſſus de *Hambourg*; ce qui fait que les Vaiſſeaux de guerre peuvent aiſément monter juſqu'à cette
derniere Ville.

Cette navigation d'*Amſterdam* à *Hambourg*,
ſe fait ordinairement en ſept ou huit jours ,
parceque les vents d'Oüeſt régnent les trois
quarts de l'année dans ces parrages-là. Mais
nôtre voiage n'en dura que ſix , quoique nôtre Patron fût obligé dé perdre une marée
pour aller ★ *raiſonner* à la ville d'*Eſtade* ſituée à une lieuë de l'Elbe , où les Bâtimens
doivent paier le peage au Roi de *Suede* , à
la réſerve des *Danois* , qui pourroient avoir
autant de droit d'en exiger un ſemblable ,

★ *Raiſonner.* C'eſt-à-dire produire ſes paſſeports &
ſes Factures , & paier enſuite les droits.

H 4

s'ils vouloient se prévaloir des moiens qu'ils trouveroient de fermer le passage de cette riviere avec les Canons de *Gluc-stat*. L'*Elbe* a une grande lieuë de largeur vers son embouchûre , & sa profondeur est suffisante pour les Vaisseaux de cinquante à soixante pieces dans le *Chenail*, au tems des marées de la pleine & de la nouvelle Lune. J'avouë que l'entrée de cette riviere est très-difficile , & par conséquent dangereuse , à cause d'une infinité de sables mouvans qui la rendent inaccessible de † *non vûë*, aussi-bien que la nuit , malgré la précaution qu'on a eu de construire une tour de bois un peu avant dans la mer, pour y faire des feux qu'on découvre d'assez loin. *Hambourg* est une grande Ville irrégulierement fortifiée de gason. Je ne vous parle point du gouvernement Démocratique de cette Ville Anséatique , non plus que de ses dépendances ; car il est à croire que vous n'ignorez pas ces sortes de choses , dont les Géographes traitent si amplement. Je me contenterai de vous dire qu'elle est considérable par son commerce, comme il est aisé d'en juger pour peu qu'on considére l'avantage de sa situation. Elle fournit presque toute la haute Allemagne , de toutes sortes de marchandises étrangeres,

---

† *Non vûë* , tems obscur , couvert de brouillards.

par là commodité de *l'Elbe*, qui porte des bâteaux plats de 200. Tonneaux jufqu'au deffus de *Drefde*, & même on peut dire que cette Ville eft d'un grand fecours à l'Electeur de *Brandebourg*, puifque ces mêmes bâteaux montent jufques dans *l'Aprée* & dans quelques autres rivieres des Etats de ce Prince. Les Marchands de *Hambourg* trafiquent dans toutes les parties du monde, à la réferve de l'Amérique ; ils envoient peu de Vaiffeaux aux Indes Orientales, & dans le fonds de la Méditerranée, mais beaucoup en Afrique, en Mofcovie, en Efpagne, en France, en Portugal, en Hollande, & en Angleterre, & même ils ont deux Flottes qui font le Commerce *d'Archangel*, où elles fe trouvent annuellement à la fin des mois de Juin & de Septembre. Cette petite République entretient quatre Vaiffeaux de guerre de cinquante Canons, & quelques Frégates légeres, qui fervent à convoier les Vaiffeaux deftinez pour la Méditerranée, ou pour les côtes de Portugal & d'Efpagne, où les *Mores* ne manqueroient pas de les enlever, s'ils naviguoient dans ces mers-là fans efcorte. Cette Ville n'eft ni belle ni laide, mais la plûpart des ruës font fi étroites, que les carroffes font obligez d'arrêter ou de reculer à tout moment. On s'y divertit affez bien. On y trouve ordinairement des Troupes de Comédiens François ou Italiens, &

H 5

même un *Opera* Allemand, dont la maifon, le théâtre & les décorations ne cedent en rien aux plus beaux de l'Europe. Il eft vrai que les habits des Acteurs font auffi hétéroclites que leurs airs ; mais on peut fe dédommager par la fimphonie qui paroît affez bonne. Les environs de *Hambourg* font tout-à-fait beaux, pendant l'Eté, à caufe d'une infinité de Maifons de Campagne qui font ornées de jardins très-jolis & très-curieux, où les arbres fruitiers qu'on y voit en très-grand nombre, produifent d'affez bons fruits, par le fecours de l'Art, au défaut de la Nature. Au refte, je ne puis fortir de ces environs-là, fans vous raconter une chofe affez particuliere. Il faut donc vous dire qu'on trouve des Champs de bataille près de *Hambourg*, fur les territoires de *Danemarc* & de *Lubec*, où les quérelles particulieres fe terminent à la vûë d'une infinité de fpectateurs, qui en font avertis à fon de trompe, quelques jours avant que les Champions entrent en lice. Il y a ceci de remarquable, que les combattans, foit à pied, foit à cheval, implorent la médiation de deux feconds, pour juger feulement des coups & les féparer de part & d'autre, dès qu'il y a quatre goutes de fang répanduës. Ce qui fait que les parties fe retirent pour la moindre égratigneure.

Et s'il arrive que l'une des deux tombe

fur le carreau, le vainqueur rentrant fur le territoire de *Hambourg* fe retire en triomphe dans cette Ville, au bruit des cris de joie que les fpectateurs font retentir dans les airs pour honorer fa victoire. Ces Tragédies font affez ordinaires dans ce Païs-là. Car comme c'eft l'abord d'une infinité d'étrangers, il arrive toûjours quelque défordre, qui fe termine de cette maniere. Autrefois les *Dannois*, les *Suédois*, & les *Allemands* accouroient en ces lieux-là, quand il s'agiffoit de terminer les démêlez qui arrivoient entr'eux dans leur Païs, où les duels font étroitement défendus. Mais leurs Souverains ont mis ordre à cela, par la déclaration qu'ils ont faite de les punir à leur retour, avec autant de févérité, que s'ils fe fuffent battus dans leurs Etats.

Je partis de *Hambourg* après y avoir féjourné cinq ou fix jours; & me fervant du chariot de pofte qui va journellement à *Lubec*, dont chaque place coûte un écu & demi, j'arrivai le même jour dans cette Ville-là. Dès que nous arrivâmes aux portes, on nous demanda qui nous étions. Chacun dénonça franchement fon Païs & fa profeffion; mais la crainte d'être arrêté m'empêcha d'être auffi fincére que les autres paffagers. Je fis un peu le Jéfuite dans cette rencontre-là, car je fus obligé de dire, en dirigeant mon intention, que j'étois Marchand

H 6

Portugais, ce qui fit que j'en fus quitte pour
être apellé Juif ; enfuite on nous laiffa paffer
fans faire la vifite de nos coffres. La Ville
de *Lubec* n'eft pas fi grande, ni fi peuplée
que celle de *Hambourg*, mais les ruës font
plus larges & plus droites, & les maifons
plus belles. Les Vaiffeaux font rangez à
côté les uns des autres, le long d'un beau
Quai, qui régne d'un bout de la Ville à l'autre, fur une Riviere fi étroite, qu'elle eft,
à mon avis, plus profonde que large ; fon
plus grand commerce eft celui de la Mer
Baltique, quoi-qu'elle n'en eft éloignée que
de deux lieuës. C'eft juftement l'endroit
où je fuis à prefent, qui eft fituée à l'embouchûre de cette petite Riviere, dans
laquelle, il eft impeffible que les grands
Vaiffeaux puiffent entrer, à caufe d'une
Barre, fur laquelle on ne trouve tout au plus
que 14, ou 15, pieds d'eau, dans le tems
même que les vents du large font acciden-
tellement enfler les eaux, à peu près comme
les marées de l'Ocean. Je m'embarquerai
demain ici dans une Frégate deftinée à porter des paffagers à *Copenhague*, pourvû que
le vent de Sud continuë comme il a fait aujourd'hui ; j'ai retenu la chambre de poupe
dont je ne paie que deux Ducats, qui valent
à peu près 4. écus de France. C'eft la monnoie la plus courante, & la plus commode
dans tous les Païs du Nord. Car elle a fon

cours en Hollande, en Danemarc, en *Suéde*,
& chez tous les Princes *d'Allemagne*. Mais
il faut prendre garde à n'en point recevoir
qui ne foient de poids, fi l'on veut éviter
la chicane & la perte de quelques fols. Au
refte, j'ai trouvé jufqu'ici de bonnes auberges dans toutes les Villes où j'ai paffé. Le
bon vin de *Bordeaux* ne manque non plus à
Hambourg qu'à *Lubec*. On y boit auffi des
vins de *Rhin* & de *Mofelle*, mais je les trouve plus propres à faire cuire des carpes, qu'à
toute autre chofe. Adieu, Monfieur, le tems
de finir ma Lettre & de plier bagage, s'apro-
che à l'heure qu'il eft. J'efpére d'être après
demain à *Copenhague*, fi ce vent de Sud eft
autant nôtre ami que je fuis,

    Monfieur, vôtre Travemunde, &c. 1694.

M O N S I E U R,

L E vent de Sud-Eft qui foufloit dans le
tems que je vous écrivis ma derniere
Lettre, nous conduifit jufqu'au Port de cette
bonne Ville de *Copenhague*, enfuite il nous
quitta pour aller porter le dégel aux Terres
feptentrionales de Suéde, où il étoit attendu
depuis quelques jours. Ce petit trajet de
Mer que nous fîmes en deux fois vingt &
quatre heures, me parut affez divertiffant;
car j'eus le plaifir de voir à bas-bord, c'eft-à-
dire à la main gauche, quelques Ifles Danoi-

fes qui paroiffent être affez peuplées, s'il en faut juger par la quantité de Villages, que je découvris en rangeant ces Ifles, d'un tems clair & ferain, à la faveur d'un petit vent frais & modéré. Ce trajet me fembleroit un peu dangereux en tems d'hiver, à caufe des bancs de fable qui fe trouvent en quelques endroits, car comme les nuits font courtes, & les vents impétueux dans cette faifon, je craindrois fort d'y échouër, malgré toute forte de précaution. Dès que j'eus mis pied à terre dans cette Ville-ci, les gens de la Doüane firent la vifite de mes valifes, où ils trouvérent plus de feüilles de papier, que de piftoles. Le lendemain de mon arrivée j'allai faluër Mr. de *Binrepaus* qui étoit allé prendre l'air depuis quelques jours à la campagne, pour le rétabliffement de fa fanté. Enfuite je revins dans cette Ville, qui peut être mife au rang de celles qu'on apelle en Europe grandes & belles. La fortification en eft bonne & réguliere; mais par malheur elle n'eft pas révétuë. La Citadelle qui défend l'entrée du Port a le même défaut. Ce Port eft un des meilleurs du monde, car la Nature & l'Art l'ont mis à couvert de toute forte d'infulte. Le terrain de *Copenhague* eft uni, les ruës font larges, & les maifons prefque toutes de brique à trois étages. On y voit trois belles Places; entr'autres celle du Marché du Roi, ainfi nommée à caufe de fa

Statuë équeſtre qu'on a eû le ſoin d'y élever. Cette Place eſt environée de quelques
belles Maiſons, dans l'une deſquelles Mr.
de *Bonrepaus* eſt logé. Cet Ambaſſadeur
avoit beſoin d'une auſſi grande Maiſon que
celle qu'il occupe, aiant un auſſi grand train.
La magnificence de ſa Table répond mer-
veilleuſement bien à celle de ſes Equipages.
Tout le monde l'eſtime & l'honore avec
raiſon. Je n'en dirai pas davantage voulant
ratraper l'article de la Ville, qui paroît trés-
avantageuſement ſituée, comme on le peut
voir dans la Carte de l'Iſle de *Zélande*. Elle
eſt fort commode pour les Vaiſſeaux marchands qui peuvent entrer, ſans peine, dans
les Canaux, qui la traverſent. On y voit
des Edifices curieux, les Egliſes de *nôtre-Da-
me* & de *St. Nicolas* ſont grandes & belles.
La *Tour Ronde*, dont l'eſcalier à girons rem-
pans permétroit aux Caroſſes de monter juſqu'au haut, paſſe pour une curieuſe Maſſe
d'Architecture. La *Bibliotéque*, qui ſe trouve renfermée dans le corps de ce Bâtiment
eſt pleine de Livres & de Manuſcrits fort
précieux. La *Bourſe* eſt encore un Edifice
admirable par raport à ſa longueur, outre
qu'elle eſt ſituée dans le plus bel endroit de
la Ville. Le *Palais du Roi*, me paroît
auſſi eſtimable par ſon antiquité que s'il
étoit bâti à la moderne. Car il ſuffit que
l'harmonie des proportions ſe rencontre dans

la Maſſe de ce Château, dont les meublés
& les peintures ſont d'une beauté achevée.
Le cabinet de Curioſité du Prince Roial,
eſt rempli d'une infinité de piéces tout-à-fait
rares. Les *Ecuries du Roi* ne contiennent à
preſent que 100. Chevaux de Caroſſe, c'eſt-
à-dire 13. ou 14. attelages de diférentes eſpé-
ces , & cent cinquante chevaux de Selle ;
mais les uns & les autres ſont également
beaux. *Chriſtians-ſlave* eſt une ſeconde Ville
ſéparée de *Copenhague* par un grand Canal
d'eau vive. La Maiſon Roiale de *Rozem-
bourg*, ſituée aux extrémitez de la Ville , eſt
ornée d'un Jardin délicieux. Venons maintenant au caractére des Princes & des Princeſſes de la Cour. Il eſt inutile de parler de
la valeur & de la vigilance du Roi : Car
ces deux qualitez de ce Monarque ſont aſſez
bien connuës de tout le monde. Je me contenterai de vous dire ſimplement qu'il a beaucoup de jugement & de capacité , & qu'il
eſt fort attaché aux intérêts de ſes Sùjets, qui
le regardent comme leur Pére , & leur Li-
bérateur ; étant grand Capitaine , il ſçait
tout ce qu'un habile homme de guerre doit
ſçavoir. Il eſt affable & généreux , au ſuprê-
me degré. Il parle également bien le Danois,
le Suédois , le Latin, l'Allemand , & même
l'Anglois , & le François. La Reine eſt la
Princeſſe la plus accomplie qui ſoit au monde , c'eſt tout dire. Le Prince Roial eſt le

digne Fils de ce grand Roi, & de cette bonne & vertueuſe Reine. Comme vous l'avez
entendu publier par autant de bouches qu'il
y a de gens en France. Il eſt ſçavant, il a
l'eſprit ſubtil, mêlé de douceur, & ſes maniéres ſont auſſi Roiales que ſa Perſonne,
ce qui fait qu'on lui ſouhaite, en le voiant,
le bonheur & la proſpér té que ſa phiſionomie lui promet. Le Prince *Chriſtian* eſt un aimable Prince, auſſi-bien que le Prince
Charles ſon Cadet. Il paroît je ne ſçai quel
air d'affabilité ſur leur viſage, qui charme
tout le monde. Le Prince *Guillaume* leur
Frére eſt un jeune Enfant tout-à-fait joli.
La Princeſſe *Sophie*, qu'on nomme ordinairement la Princeſſe Roiale, a l'air effectivement Roial. Elle eſt belle, jeune, bien faite, aiant de l'eſprit comme un Ange. C'en
eſt aſſez pour la mettre au-deſſus de toutes
les Princeſſes de la Terre ; outre qu'elle a
mille autres bonnes qualitez, dont le détail
feroit un peu trop long, pour être inſeré dans
une Lettre. Parlons d'autre choſe. On vit ici
preſque pour rien, quoique le bon poiſſon
ſoit un peu cher ; de ſorte que les repas ne
coûtent dans les meilleures Auberges que 15.
ou 16. ſols. La viande de boucherie n'eſt pas
ſi ſucculente, ni ſi nourriſſante qu'en France : mais la volaille, les oiſeaux de riviére,
les liévres, & les perdrix, ſont merveilleux.
La bouteille du meilleur vin de Grave,

ne coûte que 15. fols. Les Caroffes de loüage s'y trouvent à un écu par jour, & à 60. livres par mois. Les eaux font bourbeufes & pefantes, ce qui fait qu'on a recours à la biére qui eft bonne, claire, faine & d'un prix fort raifonnable. Les Réfugiez François ont ici l'exercice libre de leur Réligion fous la direction de Mr. de la *Placette* Miniftre Bearnois, à qui la Reine donne une très-bonne penfion, pour le foin d'une Eglife publique dont cette Princeffe eft la Protectrice. Le Roi paffe ordinairement l'Eté dans fes Maifons de Campagne, tantôt à *Ragesbourg*, à *Fréderisbourg*, & à *Cronembourg*. Il n'y a guére de Prince au monde qui puiffe prendre le plaifir de la chaffe des Bêtes fauves plus agréablement que lui. Tous fes Parcs font pleins de chemins affez larges pour courir en Chaife. D'ailleurs, les Chevaux Danois, ont un galop étendu très-commode pour les Chaffeurs, & les Chiens de ce païs-là ne tombent prefque jamais en défaut. Sa Table eft auffi bien fervie qu'il fe puiffe. Ce qui fait qu'au retour de la chaffe, il trouve un nouveau plaifir à faire une chére angélique. Ce Prince s'occupe auffi très-fouvent à faire la revûë de fes Troupes, à vifiter fes Places, fes Magafins, fes Arfenaux, & fon Armée Navale. Il tire quelquefois à l'oifeau avec les Seigneurs de fa Cour. Il prit ce divertiffement il y a deux mois à un quart de lieuë d'ici. Cet oiseau de bois, gros comme un coq, étoit planté sur le faîte d'un Mât ; Le Roi tira le premier de cent pas, mais sa bale n'enleva qu'une petite piéce du cou. Ses Courtisans tirérent ensuite si adroitement qu'il ne restoit plus qu'un morceau de cet Oiseau, que ce Prince fit sauter à la fin, après avoir été disputé par un assez grand nombre de tireurs. On trouve peu de gens ici qui n'entendent assez bien le François. Messieurs de l'Academie Roiale ne connoissent peut-être pas mieux la délicatesse & la pureté de cette Langue que Madame la Comtesse de *Frize*, qui par son esprit, par sa naissance, & par sa beauté, passe à bon droit pour la perle & l'ornement de cette Cour. Les *Danois* sont bien faits, civils, honnêtes, braves & entreprenans ; & leurs façons de faire ont quelque chose d'aimable, en ce qu'ils sont tout-à-fait affables & complaisans. Je les croi gens de réfléxion & de bons sens, éloignez de cette affectation & de cette vanité insuportable ; au moins je voi qu'ils procédent avec un dégagement Cavalier en toutes choses. Les Dames sont fort belles & fort enjoüées, aiant toutes généralement beaucoup d'esprit. Quelques-unes ne manquent pas de vivacité, quoique le climat semble un peu oposé à ce brillant, qui leur sied parfaitement bien. Les Danois se plaignent qu'elles sont un peu plus fiéres, ou plus

scrupuleuses qu'elles ne dévroient ; ils ont
raison sur le scrupule ; pour la fierté je n'en
sçai rien ; quoiqu'il en soit on prétend que
le *qu'en dira-t'on* est la cause qu'elles ne reçoivent presque point de visite ; si c'est pour
éviter l'occasion , qui fait le larron , à la
bonne heure : mais si c'est pour éviter les
traits de la médisance , qui régne autant ici
qu'ailleurs , elles ne font rien qui vaille ; car
enfin elles ont plus de sagesse & de vertu
qu'il n'en faut pour essuier des escarmou-
ches de soûpirs sans s'émouvoir. Au reste ,
on les voit assez souvent chez Monsieur de
Gueldenlew , Vice-Roi de Norwègue , &
frere naturel du Roi. Ce Seigneur , qui est
un des plus magnifiques de l'Europe , se fait
un plaisir de faire donner tous les jours une
grosse table de 18. couverts où ces Dames
sont aussi-bien reçûës que les Cavaliers de
distinction , lesquels après le repas ont accoûtumé de faire des parties de jeux , ou de
promenade avec elles. On trouve la même
chere & la même compagnie chez Mr. le
Comte de *Revenclau* , qu'on tien ici pour
un des plus zélez & des plus habiles Mi-
nistres du Roi. Ces repas sont un peu trop
longs pour moi , qui suis accoûtumé de dîner en poste , c'est-à-dire en cinq ou six minutes , car ils durent ordinairement deux
heures. Les mets excellens qu'on y sert
en profusion ont dequoi satisfaire le goût,

la vûë, & l'odorat. Ces tables ne diférent en autre chose des meilleures de nôtre Cour, si ce n'est qu'on y sert de grandes piéces de bœuf salé. Dont il me semble que les *Danois* auroient tort de manger avec tant de plaisir, s'ils n'avoient pas le soin de chasser du gosier la salive de cette viande avec l'agréable liqueur du bon homme Noé. Parmi les diférentes sortes de vin qu'on y boit, ceux de *Cahors* & de *Pontac* sont les seuls dont un François se puisse accommoder. Il semble que ce soit une coûtume inviolablement établi dans les Païs du Nord d'avaler une ou deux coupes de bierre, avant que de passer au vin, dont on fait trop d'estime pour le gâter avec l'eau. On dit que ces repas duroient autrefois quatre ou cinq heures, & qu'on bûvoit assez cavalierement pendant ce tems-là, malgré les risques de la goutte. Mais cet usage est maintenant aboli; d'ailleurs, les verres sont si petits, & la modération est si grande, qu'on sort de table avec toute sorte de tranquillité. Ce n'est pas qu'en certaines fêtes extraordinaires on fait encore des festins, où les conviez sont indispensablement obligez de boire quelques rasades effroiables dans certains *Welcoms*, autrefois en usage parmi les Grecs, sous le nom de Αγάθω Δαίμονος. Le souvenir de ces vases me fait trembler, depuis l'accident imprévû qui m'arriva malheureufement, il y a deux mois chez Mr. de *Guel-denlew*. Ce Viceroi régaloit dix - huit ou vingt Perfonnes de l'un & de l'autre Sexe, à l'honneur de la naiffance d'un de fes Enfans. Le hafard voulut que j'euffe l'honneur de me trouver au nombre des Conviez, qui furent tous obligez, à la réferve de Mr. de *Bonre-paus*, de boire pendant le repas deux douzaines de rafades, à la fanté des prefens & des abfens. Je vous avouë que j'étois fort embarraffé de ma contenance, & que j'aurois prefque autant aimé boire le fleuve de St. Laurent que ces Fontaines de vin : Car il n'y avoit aucune aparence de tricher, ni de s'en défendre. Il ne s'agiffoit plus de faire des réfléxions fur l'étrange fituation où je me trouvois; il falloit, fuivant le proverbe, boire le vin, puifqu'il étoit déja tiré; c'eſt-à-dire, faire comme les autres. Cependant on aporta fur la fin du repas un grand *Welcom* d'or contenant deux bouteilles, que tous les Cavaliers furent obligez d'avaler plein à la fanté de la Famille Roiale. Dieu fçait fi jamais le trifte Nautonnier trembla de meilleure grace à l'afpect du naufrage, que je fis à l'abord de ce Vafe monftrueux. Je veux bien vous dire que je le bûs, mais je n'acheverai pas, s'il vous plaît le refte de l'hiftoire, car je ne prétens pas faire trophée de l'action héroïque que je fis, à l'imitation de trois ou quatre autres, qui déchargérent leur

conscience d'aussi bonne grace que moi , au
pied de la Table. Après ce coup fatal j'é-
tois si mortifié que je n'osois paroître , & même très-disposé à quitter incessamment le
Païs , si mes Compagnons de bouteille & de
disgrace ne m'en avoient dissuadé par une
infinité de proverbes Allemans , qui sem-
bloient loüer ce généreux exploit , sur tout
celui-ci. *S'il est honteux de trop prendre , il est
glorieux de rendre.* Au reste , les Gentilshommes *Danois* vivent assez commodément du
revenu de leurs Terres , & même leurs Païsans ne manquent de rien , comme les nôtres , si ce n'est d'argent. Ils ont des grains
& des Bestiaux , pour vivre grassement , &
pour paier le fief à leurs Seigneurs. N'est-
ce pas assez d'être bien vétu , & bien nourri?
Je voudrois bien sçavoir à quoi servent les
écus des Païsans de Hollande, pendant qu'ils
ne mangent que du beurre & du fromage é-
tendu sur du * *Pompernik?* si c'est pour paier
le tribut à leur République , il faut aimer
avec bien de l'aveuglement une ombre de
liberté qu'on achete aux dépens de la sub-
stance qui maintient sa vie & sa santé. Le
meilleur coup que les *Danois* aient jamais fait , c'est lorsqu'ils ont mis leurs
Rois sur le pied qu'ils sont aujourd'hui. Ce

---

* *Pompernik* , est une espece de pain noir comme la cheminée, pesant comme du plomb & dur comme des cornes.

lui qui régne à present exerce le pouvoir ar-
bitraire avec autant d'équité que son Prédé-
cesseur. Avant ce tems-là ce n'étoit que
Factions, Cabales, & Guerres Civiles dans
le Roiaume. On ne voioit que des désordres dans l'Etat & dans la Société. Les
Grands oprimoient les Petits, & les Rois
eux-mêmes étoient, pour ainsi dire, assujetis
aux Loix de leurs Sujets. En un mot, ce
phantôme de liberté, dont ces Peuples se laissoient éblouïr, comme plusieurs autres, par
de fausses lueurs, ne servoit qu'à les rendre
esclaves d'une infinité de Roitelets, qui a-
gissoient en Souverains, sans craindre le pouvoir borné des Rois. Les revenus du Roi
de Danemarc se montent, à present, à 5.
millions d'écus. C'est un fait incontestable
que je sçai de très-bonne part. Il entretient
près de trente mille Hommes de bonnes
Troupes réglées, bien disciplinées, & régu-
liérement paiées, sans compter les Milices
qui sont toûjours prêtes à marcher. Outre
qu'il peut encore lever quarante mille Hommes dans le besoin, sans dépeupler ses E-
tats. Ses Officiers ont des apointemens
raisonnables; sur tout ceux de Marine, qui
n'ont pas, comme les nôtres, plus de
paie qu'il leur en faut, à proportion de nos
miserables Capitaines d'Infanterie & de Cavalerie, lesquels sont obligez de faire assez
maigre chere, pour subvenir aux dépenses
dont

dont les Capitaines de Vaisseaux sont exempts.
On dit qu'il est avantageux à ce Prince de
prêter ses troupes à ses alliez, non par raport aux sommes qu'il en peut retirer, mais
seulement pour les tenir en haleine, les
aguerir & les perfectionner dans l'art Mili-
taire, afin d'en tirer de l'utilité dans l'occasion.
Vous remarquerez, Monsieur, que le Roi de
Danemarc est au-dessus de ce scrupule ridicule qu'ont la plûpart des autres Princes, de
n'employer à leur service les étrangers qui ne
sont pas de leur Religion. Messieurs de *Cor-
maillon*, *Dameni*, *Libat*, & plusieurs autres, ont
des emplois considérables dans ses troupes,
quoiqu'ils soient François & Catholiques. Cela fait voir que ce Monarque est persuadé que
les gens d'honneur manqueroient plûtôt à la
Religion qu'à la fidélité qu'ils doivent à leur
Maître. Entre nous, je croi qu'il a raison; car
enfin le premier point de toute Religion consistant dans la fidélité qu'on doit à Dieu, à
l'Ami, & au bienfaiteur, rien ne peut ébran-
ler un honnête homme, ni le porter à agir
contre son devoir. Je ne veux pas juger des
autres par moi-même, mais pour moi, je
vous assûre que si j'avois embrassé le service
des *Turcs*, avec ma liberté d'être Catholique fieffé, & qu'il fût ensuite question d'em-
braser la Ville de Rome, j'y mettrois le feu
le prémier par l'obéïssance que je dévrois au
grand Seigneur. Changeons de propos. Les

Loix de Danemarc contentës dans le Livre
Latin que je vous envoie, vous paroîtront
fi claires, fi fages, fi diſtinctes, qu'elles ſem-
blent avoir été dictées par la bouche de *S.*
Paul ; d'où vous conclurez enſuite que ce
Païs n'eſt guére favorable aux Procureurs,
Avocats, & autres gens de chicane. J'a-
vouë que l'article des rencontres vous ſem-
blera déraiſonnable, comme il l'eſt effectivement, car au bout du compte, il eſt
preſque auſſi deſavantageux de tuër ſon ennemi, que de ſe laiſſer tuër ſoi-même. La
Cour de Danemarc eſt auſſi belle qu'aucune autre de l'Europe, à proportion de ſa
grandeur. Les équipages des Seigneurs qui
la compoſent ſont des plus magnifiques. Ce
qui eſt ſingulier, c'eſt qu'il n'eſt permis qu'aux
perſonnes de la famille Roïale de donner
des Livrées rouges à leurs Laquais. L'heure de la Cour eſt depuis midi juſqu'à une
heure & demie, ou environ. Le Roi ſe
fait voir pendant ce tems-là dans un Salon
rempli de gens d'une propreté achevée, on
n'y voit que des Habits brodez & galonez à
la mode & de bon goût. Les Miniſtres étrangers s'y trouvent régulierement : car le Roi
leur fait l'honneur de les écouter avec plaiſir.
On y trouve peu de Chevaliers de l'*Eléphant*,
cet Ordre n'étant conferé qu'aux premiers
du Roïaume. On peut dire qu'il eſt aujourd'hui le plus noble de tous ceux de

l'Europe, & qu'il a moins dégénéré que les
autres. Cela est si vrai que de trente-quatre Chevaliers, dont il est composé, les trois
quarts sont Princes Souverains. L'Ordre de
* *Danebrouc* est plus commun, & par conséquent moins considérable, quoique les
Chevaliers qui sont revétus de ce colier joüis-
sent de plusieurs prééminences & prérogatives tout à fait belles. Les Fils naturels
des Rois de Danemarc ont les titres de
† *Gueldenlew* & de *Haute Excellence*, leurs
femmes sont pareillement distinguées par celui de *haute Grace*. Le Roi régnant en a deux,
qui ont plus de mérite qu'on ne sçauroit dire ;
l'aînée sert en France avec tout l'aplaudisse-
ment imaginable. Le second qui n'a que quinze ans, & qui est ici, promet beaucoup ; a de
l'esprit infiniment, il est beau, bien-fait, & de
bonne mine ; en un mot, c'est un des Chevaliers des plus accomplis que j'aie vû de ma vie.
Il est pourvû de la charge de Grand-Admi-
ral ; & ce qui vous surprendra, c'est qu'il
entend mieux la construction des Vaisseaux,
& les Mathématiques, que les plus habiles
Maîtres. Il y a deux Eglises Catholiques
libres, permises, & publiques dans les Etats
du Roi de Danemarc ; l'une à *Glucstat* &
l'autre à *Altena*. L'air de ce Païs est fort
sain pour les gens sobres, & très-contraire à

* *Danebrout*, signifie l'ordre blanc.
† *Gueldenlew*, signifie Lion d'or.

I 2

ceux qui n'ont pas l'esprit content. On ne
connoît ici d'autre maladie que celle du
Scorbut. Les Médecins en attribuënt la cause à l'air salé , & chargé d'une infinité de
vapeurs épaisses & condensées , lesquelles
s'unissant sur la surface de la terre , s'insi-
nuent avec l'air dans les poûmons , & par
leur mélange avec le sang retardent si fort
son mouvement, qu'il se coagule & de-là
provient le scorbut ; mais avec la permis-
sion de ces Docteurs , je prendrai la liberté d'embrasser le parti de l'air de cette a-
gréable Ville , en les priant de considérer
que les impressions de l'air sur la masse du
sang , sont moins fortes que celles des alimens. Si le scorbut provenoit des mauvaises qualitez de l'air , il s'ensuivroit
que tout le monde en seroit attaqué ,
ce qui n'est point ; car les trois quarts des
Danois en sont exempts. Je fonde mon
raisonnement sur tous les soldats qui mou-
rurent de ce mal en 1687. au Fort de *Frontenac* & de *Magara* , comme je vous l'é-
crivis l'année * suivante , où l'air est le plus
pur & le plus sain qui soit au monde. Il
est donc plus raisonnable d'en atribuër la cause aux alimens , c'est-à-dire aux viandes sa-
lées , au beurre , au fromage , & même au
défaut d'exercice , & au sommeil excessif.
C'est un fait dont tous les gens de Mer,

* 1688, Voïez mes lettres de cette année-là.

qui auront fait des voiageurs de long cours, ne difconviendront pas, dès qu'ils auront vû les terribles ravages que le fcorbut fçait faire fur les équipages des Vaiffeaux. Il faut donc s'en prendre aux mauvais alimens dont j'ai parlé, felon le fentiment d'un habile homme, en qui j'ai beaucoup de foi. Il me difoit un jour que ces alimens acides augmentent l'acidité du fang, ce qui fait que celui de ces fortes de maladies eft deftitué d'efprits, ou du moins ils s'y trouvent en fi petite quantité, qu'ils font facilement abforbez & envelopez par les acides qui y dominent, fi bien qu'il eft impoffible qu'ils puiffent exciter de grands fermentations. Pour ce qui eft du long repos, & du trop long fommeil, tout le monde fçait qu'ils difpofent beaucoup à l'obftruction des inteftins & qu'ils fervent à engendrer des fucs cruds, empêchant toutes les évacuations fenfibles accoûtumées, tant par le mouvement ralenti des efprits, que par l'infenfible tranfpiration des parties les plus fubtiles. Sur cela je conclus que les viandes fraîches, les bons potages, le fommeil réglé, & l'exercice modéré *ad ruborem*, *non ad fudorem*, font les antidotes du fcorbut & les meilleurs correctifs de la maffe du fang fur la mer, comme fur la terre. Si cette digreffion eft un peu longue, vous devez, Monfieur, l'atribuer au defir que j'ai de vous donner quel-

ques avis pour vous préferver de cette maladie, en cas qu'il vous prenne envie de faire
quelque voiage de long cours; & ne croiez
pas, s'il vous plaît, que je me fois écarté du
fil de ma narration, pour prouver que l'air
de cette Ifle eft meilleur que celui de Portugal, c'eft ce que je ne fçai pas. Car quelque air que je refpire, je me porte également bien. Il eft vrai que l'inconftance du
temps qu'on remarque ici pourroit me
chagriner un peu, fi j'étois obligé d'y pafler
le refte de ma vie. Car le tems change affez fouvent trois ou quatre fois le jour, paffant du froid au chaud, du fec à l'humide,
& du clair à l'obfcur. J'ai eû l'honneur de
faire la révérence au Roi dans fon Château de
Frederisbourg, où il confera l'ordre de *l'Ele-*
phant à quelques Princes d'Allemagne, par
procuration. Cette céremonie, qui me parut tout-à-fait belle, y attira quantité de perfonnes de diftinction, entr'autres tous les Miniftres étrangers, qui fe firent un très-grand
honneur d'y affifter. Quelques jours après,
ce Prince alla prendre l'air à *Cronembourg*,
fitué directement fur les rives du Détroit du *Sund*. La fortification de ce Château eft réguliere, il eft revêtu de brique, &
garni d'un grand nombre de couleuvrines de
gros calibre, & de bonne longueur, qui défendent l'entrée de ce Détroit, auquel je puis
donner 3500. pas géometriques de largeur,

c'eft-à-dire, une grande lieuë de France. C'eft
un plaifir de voir entrer & fortir chaque jour
une infinité de Vaiffeaux, qui vont, & qui
viennent de l'Ocean à la Mer Baltique. Et
comme les canons de *Cronembourg* font les
clefs de cette porte, il faut que tous les bâtimens étrangers viennent indifpenfablement
moüiller au Bourg *d'Elfeneur*, pour y raifon-
ner, avant que de paffer outre. Vous me
direz, peut-être, qu'une groffe Flotte de Vaiffeaux de guerre n'auroit pas trop de peine à
franchir ce paffage, aux dépens de quelques
canonades, je l'avouë; mais fi l'Armée navale du Roi de Danemarc étoit moüillée
dans ce détroit, je fuis perfuadé qu'elle en
défendroit l'entrée. Sur ce pied-là je conclus
donc qu'on ne doit pas trouver étrange que
Sa Majefté Danoife exige un médiocre tribut des Vaiffeaux Marchands de toutes les
Nations, à la réferve des Suédois. Au moins,
il me femble qu'il eft plus en droit de le faire
que le Grand-Seigneur au détroit des *Darda-*
nelles. Car la plûpart des Vaiffeaux qui entrent dans la Mer Baltique vont faire leur
commerce à *Lubec*, en *Brandebourg*, à
Danzic, en *Pruffe*, en *Courlande*, en *Livonie*
& en *Suede*; au lieu que ceux qui entrent dans
les *Dardanelles* abordent aux Ports du *Grand-*
Seigneur, pour trafiquer avec fes fujets, &
non pas avec d'autres. Je voudrois bien fçavoir fi le Roi d'Efpagne ne prétendroit pas

qu'on lui paîât aussi le droit d'entrée au détroit de *Gilbraltar*, si l'Europe & l'Afrique
avoient l'honnêteté de s'aprocher tant soit peu
l'une de l'autre ; même sans cela, qui sçait
si ce Prince aiant un jour une puissante Armée navale, ne s'aviseroit pas de l'exiger ?
Cette question n'est pas si problématique que
vous le croiez. Quoiqu'il en soit, il y a
bien des gens qui s'imaginent à la bonne foi,
qu'on pourroit se dispenser de paier le tribut
du passage du *Sund*, si l'on s'obstinoit à passer
par un des deux *Belts*. Mais ils se trompent.
Cela seroit bon si les sables qui sont dans la
Mer, étoient aussi fixes que ceux qu'on im-
prime sur les Cartes Marines ; ce qui n'est
pas ; car les uns se meuvent à chaque tempête, & changent de place, au lieu que les
autres demeurent éternellement sur le papier. D'ailleurs, il y a une infinité de rochers couverts & de courants irréguliers in-
connus aux Pilotes les plus experts, malgré
leurs cartes & leurs * flambeaux de mer, où
ces écueüils ne sçauroient être marquez. Char-
geons de propos, & disons que le Danemarc
produit quantité de choses qu'on y débite a-
vantageusement aux Anglois & aux Hollandois. En voici quelques-unes ; le ségle, le
froment, le Cidre, l'h dromel, les pom-
mes, les bœufs, les vaches, les cochons gras,
les chevaux, le fer, le cuivre, le bré, &
_ * Livres de cartes Hidrographiques, &c.

toutes sortes de bon bois de charpente, sur
tous les mâts de Norwegue , où il s'en
trouve d'assez grands d'un seul brin pour
mâter l'Arche de *Noé* ; il y a des mines
d'argent dans cette partie Septentrionale ,
dont on prétend que le Roi pourroit tirer
quelque avantage , s'il vouloit faire de la
dépense pour les ouvriers.

Les Norwegiens trafiquent aussi quantité
de peaux d'Ours, de Renard , de Martres ,
de Loutres & d'Elan , qui ne sont pas si
belles que celles de *Canada*. Venons aux
forces maritimes du Roi de Danemarc. Sa
Flotte , qui est toûjours bien entretenuë ,
aussi-bien que ses Megasins , & ses Arse-
naux de Marine , est composée de 28.
Vaisseaux de Ligne, de 16. Frégates, &
de 4. ou 5. Brûlots , sçavoir,

8. Vaisseaux depuis 80. canons jusqu'à 100.
10. Vaisseaux depuis 60. canons jusqu'à 80.
10. Vaisseaux depuis 50. canons jusqu'à 60.
16. Frégates de 10. canons jusqu'à 26.
3. Galiotes à Bombes.
1800. Charpentiers entretenus.
400. Canoniers entretenus.

La paie des Capitaines de Vaisseaux est
diférente ; les uns ont 300. écus par an, &
les autres 400. Les Capitaines Commandeurs en ont 500. & les Commandeurs 600.
Outre cela il y a douze gardes marines,

I 5

qu'on apelle aprentifs, à 100. écus de paie
par année. Or il faut que vous remarquiez,
s'il vous plaît, que ces apointemens ne font
pas fi médiocres que vous pourriez vous
l'imaginer ; car on vit plus commodémentt
en Danemarc avec trente écus, qu'en France
avec cent.

Outre les forces maritimes, dont je viens
de parler, le Roi peut trouver au befoin
24. Vaiffeaux depuis 40. canons jufqu'à
près de 60. que fes fujets font obligez de lui-
fournir à fa volonté ; & dont ils fe fervent
pour le commerce d'Efpagne, de Portugal, & de la Méditerranée. Il faut remarquer en paffant que les Vaiffeaux Danois
de 50. piéces peuvent hardiment préter
le côté aux Vaiffeaux Anglois ou François
de 60. à caufe de la groffeur de leur Artillerie, & de la force de leur bois. Tous
ces bâtimens, dont je parle, font conftruits
à varangue demi plate, ce qui fait qu'ils
font affez pefans de voile, leur mâture eft
groffe & courte. Courte, pour ne pas fom-
brer fous les voiles, lorfqu'il s'agit de parer
des Caps, des Ifles, des Rochers & des Bancs,
dans un gros tems, & groffe, afin de pouvoir porter les voiles à tarc, en doublant ces
Caps, ces Ifles, &c. quand les vents foux
& pefans de la Mer Baltique fouffent avec
impétuofité, les matelots qui font emploiez
au fervice du Roi de Danemarc font bien

nourris & bien paiés; & ce qu'il y a d'avantageux pour ces gens-là, c'eſt qu'on leur
donne dix ou douze écus de conduite, *gra-*
tis, outre leurs gages, dès que la Flotte eſt
rentrée dans le Port de *Copenhague*, pour
deſarmer. Cependant, il y a toûjours 3000.
matelots entretenus ici, & logez dans des
caſernes uniformes, ſituées aux extrémitez
de la Ville. Finiſſons par les monnoies de ce
Roiaume.

Un Riſdal Banque vaut 50. ſous de Lubec.
Un Riſdal Danois vaut 48. ſous de Lubec.
Un Scletdal vaut 32. ſous de Lubec.
Un Marc Danſch vaut 16. ſous de Lubec.
Un Marc Danſch vaut 8. ſous de Lubec.
Un demi-Marc Danſch vaut 4. ſous de Lubec.

Un ſol de Lubec vaut deux ſous Danois; &
deux ſous Danois valent 14. deniers de
France. Faites vos réductions ſur ce pied-
là. Un Ducat d'or vaut ordinairement deux
Riſdals Danois, & quatorze ſous, quelquefois deux ſous plus ou moins. Le *Roſne-*
bel vaut le double. C'eſt-à-dire deux Ducats. Le Loüis d'argent ou l'Ecu de France
paſſe en Dannemarc pour un *Riſdal* Danois.
Les demi & les quarts à proportion, auſſi
bien que les Loüis d'or. Les lieuës de l'Iſle
de Zélande, ſont compoſées de 42000 pas
géométriques; celles de Norwegue ſont
plus grandes, & celles de *Holſtein* plus petites.

L'aune de *Copenhague* est d'un pouce & demi
plus grande que nôtre demi-aune.

MONSIEUR,

JE partis de *Copenhague* trois jours après
la datte de ma derniere Lettre, par la commodité des caroffes de Mr. de *Bonrepaus*,
qui voulant éviter l'embarras du paffage des
deux *Belts*, prit les devans pour aller attendre à *Coldink* le Roi de Danemarc. Il faut
que vous fçachiez que ce Prince fait tous les
ans ce voiage en pofte, quoique fa fuite foit
de mille ou douze cens perfonnes. Les Païfans des Villages fituez fur la route, ou aux
environs, font obligez d'amener leurs chevaux à jour & lieu nommé, pour être auffi-
tôt attelez aux caroffes & aux chariots,
qui contiennent ce nombre de gens avec leur
bagage. Ces chevaux, quoique petits, font
nerveux, forts, vigoureux, ramaffez, infenfibles au froid, & même affez legers pour
aller au grand tort, prefque auffi vîte qu'au
galop; la courfe ordinaire de ces animaux
eft de deux ou trois lieuës, auffi-bien que celle des foldats de Cavalerie, qui fe trouvent à
toutes les poftes pour efcorter le Roi des unes
aux autres. C'eft le 15. de Septembre que
nous partîmes de *Copenhague* & nous arrivâmes dans trois heures à *Roskild*, aiant fait fix
lieuës de 20. au degré. Nous n'eûmes que
le tems de voir les Tombeaux des Rois de

Danemarc, pendant que les Païsans atéloient leurs chevaux aux carosses, & aux chariots. Ces Mausolées de marbre, qui sont des chefs-d'œuvre d'Architecture, sont ornez des bas reliefs, & d'inscriptions latines. Ces beaux Marbres bien polis sont de *Poros*, de *l'A-friquain*, du *Brocatelle*, du *Serpentin* & du *Cipollino*. Ces Tombeaux sont renfermez dans les Chapelles d'une Eglise antique qui apartenoit aux *Benedictins*, avant que *Luther* se fit chef de parti. Nous allâmes coucher ce jour-là à un Village près du grand *Belt*, après avoir eû le plaisir de voir quelques beaux Païsages sur la route. Le lendemain à huit heures du matin nous arrivâmes au Bourg de *Corsor* situé sur les rives de ce Détroit, & fortifié de gason à queuë. Dès que nous fûmes embarquez dans le Yacht destiné pour Mr. de *Bonrepaus*, nous évantâmes nos voiles, mais le vent étoit si foible, & la Mer si tranquille, durant ce trajet de quatre lieuës, qu'on eût bû sur le pont des rasades sans verser. Dès que nous eûmes mis pied à terre à *Nibourg*, qui est une petite Bicoque régulierement fortifiée, nous montâmes en carosse, & le même jour nous allâmes coucher à *Odenzée* Ville Capitale de l'Isle de *Fionie*. Elle est située au milieu de cette Isle, qui est une des plus fertiles du Roiaume. L'Eglise de l'Evêché est, pour le moins, aussi belle que grande, les Rois de

Dañemarc réſidoient autrefois dans cette
Ville-là, dont les habitans eurent la cruauté
de maſſacrer un de ces Princes. La Nobleſſe
de cette Iſle diſpute l'ancienneté à celle de
Veniſe, ſur tout la famille de *Trooll*, qui
ſignifie ſorcier, & dont les armes parlantes
font un diable de ſable en champ de gueule;
d'où ſe conjecture que ce *Leo rugiens* étoit
plus traitable & plus illuſtre du tems des
premiers ſiécles, qu'en celui de * l'Auteur
de ſept Trompétes, puiſque les Nobles ſe
faiſoient honneur de le placer dans l'écu de
leurs armes. Le 18. nous nous mîmes en
marche pour aller à *Midelford* où nous trouvâmes une barque qui nous traverſa de l'autre côté du petit *Belt*, après avoir inutilement
attendu plus de deux heures, les chariots qui
portoient les domeſtiques & les proviſions
de Mr. de *Bonrepaus*. Dès que le trajet fut
fait, on nous aprit qu'ils s'étoient égarez,
cependant la faim nous preſſoit tellement
que nous fûmes obligez d'entrer dans la
maiſon d'un Métaier, où nous aprêtâmes
nous-mêmes des grillades & des ameletes,
qu'il fallut manger ſans boire. Car la bierre
de nôtre hôte étoit auſſi déteſtable que ſon
eau. Quelque tems après, les équipages
arrivérent; comme il étoit déja tard, nous
fûmes contraints de paſſer la nuit dans cette

* Vieux radoteur qui ſoûtient cent rêveries capables de renverſer l'eſprit des femmes.

Maitérie. Le jour fuivant nous arrivâmes
à *Coldink* , où le Magiftrat eut le foin de
loger Mr. de *Bonrepaus* dans la plus belle
maifon de la Ville, où le Roi arriva trois ou
quatre jours après. Cette petite Ville eft
fituée dans le Païs de *Jutlandt* , fur les rives
d'un Golfe fi peu profond , qu'il ne porte
que des barques. Cependant elle eft confidérable par la Doüane des beftiaux , qui raporte au Trefor-Roial près de deux cens
mille *Rifdais*. Le Château eft une antique
maffe de pierre, qui contient beaucoup de
logement ; mais fa fituation eft tout à fait
avantageufe ; car il eft bâti fur une éminen-
ce d'où l'on découvre tous les Païfages d'a-
lentour. Les Danois veulent qu'on croie fur
leur parole qu'un Ange fut envoié du Ciel
dans la falle de ce Château , pour avertir
Chriftian troifiéme , Roi de Danemarc, que
le bon Dieu fe préparoit à le recevoir trois
jours après cette notification. Ils ajoûtent que
pour conferver la mémoire de cette vifion
miraculeufe , on mit dans l'endroit même
où cet Ambaffadeur celefte eut l'audience de
ce Prince , un grand poteau, que j'ai vû toutes les fois que j'ai été à la Cour : car c'eft
dans cette Salle-là que le Roi fe faifoit voir
dans le tems que j'étois à *Coldink*. Nous
en partîmes le 24. pour aller à *Rensbourg*
où nous arrivâmes le 25. après avoir paffé
par plufieurs petites Villes & Maifons Roias

les, dont la description nous meneroit uff
peu trop loin. Je me contenterai de vous dire,
en paſſant, qu'on a beaucoup plus de plaiſir que
de peine à courir la poſte dans ce Païs là, ſoit
en chariot, ſoit en carroſſe, à cauſe de l'égalité du terrain, où l'on trouve auſſi peu
de cailloux que de montagnes. Le Roi ne
fut pas plûtôt arrivé à *Rensbourg* qu'il viſita
les fortifications de cette place, qu'on pourra bien-tôt mettre au rang des meilleures de
l'Europe. Enſuite, il fit la revûë d'un
corps d'Infanterie & de Cavalerie, dont il
eut ſujet d'être content. Au bout de
quelques jours, il prit la route de *Glucſtat*,
qui eſt une petite Ville ſituée ſur *l'Elbe*, &
preſque auſſi régulierement fortifiée que celle
dont nous venons de parler. Cependant,
Mr. de *Bonrepaus*, qui ne pouvoit ſuivre
ce Monarque, à cauſe des affaires qu'il devoit terminer à *Renſhourg*, avec Mr. l'Abbé *Bidal*, me donna des Lettres pour des
Perſonnes par leſquelles il s'imaginoit que
Mr. de Pontchartrain ſe laiſſeroit fléchir,
mais il ſe trompa, comme vous l'aprendrez
bientôt. Je n'eus pas plûtôt pris congé de
cet Ambaſſadeur, que je m'en allai à *Hambourg*, où quelques perſonnes m'avertirent
que Mr. le Comte de *Cuniſſec*, Envoié Extraordinaire de l'Empereur à la Cour de Danemarc, ſollicitoit les Bourguemaiſtres de
me faire arrêter. La choſe me parut aſſez

vrai-femblable, fçachant qu'il avoit pris feu
contre moi à *Frederisbourg*, quelque tems
auparavant , au fujet de certaines illu-
minations qu'on fit en ce lieu-là ; ce qui
m'obligea de me fauver au plus vîte à *Altena*, où j'attendis un paffeport de Monfieur le Duc de *Baviére* , fans quoi l'on
m'eût arrêté dans la Flandre Efpagnole.
Dés-que je le reçus , il fe préfenta l'occafion
d'un Carroffe de retour , qui partoit pour
Amfterdam , dans lequel je fus affez heureux
de trouver une bonne place, à trés-bon marché , fans être incommodé par le nombre de
gens ; car nous n'étions que quatre , fçavoir, un vieux Marchand Anglois, une Dame Allemande , fa femme de Chambre , &
moi. Ce voiage, qui dura huit jours, m'eût
duré huit éternitez , fans l'agréable converfation de cette aimable Dame, qui parloit
affez bon François pour s'énoncer avec beaucoup de délicateffe. Imaginez-vous , Monfieur , que les routes de *l'Arabie deferte* ne
font peut-être pas fi mauvaifes que celles de
la *Weftphalie* , au moins il eft fûr qu'il n'y
a pas tant de bouë , mais c'eft des gîtes dont
je prétens vous parler, car il faut que vous
fçachiez que ces Cabarets font des Archihô-
pitaux , dont les hôtes mourroient de faim ,
fi les étrangers n'avoient pas la charité de leur
donner des vivres, dont ils font obligez de fe
pourvoir chez de riches Maitaiers, qui fe trou-

vent de diſtance à autre. On doit ſe contenter
de coucher ſur la paille dans ces pitoiablesRe-
traites, où les voiageurs ont la ſeule conſolation de commander & de faire marcher
l'hôte, l'hôteſſe, & les enfans, comme bon
leur ſemble. On eſt trop heureux d'y trouver une poële, & un chauderon pour faire la cuiſine. Il eſt vrai que le bois n'y
manque pas ; & comme les cheminées ſont
iſolées, & conſtruites en quarré, vingt perſonnes s'y peuvent chauffer à leur aiſe. Cependant, j'admirois la patience de cette Dame, qui, bien loin de ſe plaindre des incom-
modités du voiage, ſe faiſoit un plaiſir de
voir peſter le Marchand Anglois, ſa femme
de Chambre, & moi. Je conjecturai par ſon
air & par ſes maniéres qu'elle étoit femme
de qualité, en quoi je ne me trompai pas,
car j'apris après que nous nous fûmes ſépa-
rez qu'elle étoit Comteſſe de l'Empire. Elle connoiſſoit ſi bien le génie desFrançois que
je ne doutai pas qu'elle n'eût été à Paris ;
ce qui m'en perſuada le plus, c'eſt qu'elle me
parla comme fort ſçavante des premiéres
perſonnes de la Cour. D'ailleurs, elle avoit
un vieux domeſtique François & Catholique, qui n'entendoit preſque point l'Alleman.
Elle étoit grande, bien-faite, avec aſſez d'em-
bonpoint, & même ſi belle, qu'elle fit en
vain tout ce qu'elle pût pour me perſuader
qu'elle avoit cinquante-cinq ans. Elle ne

pouvoit fouffrir qu'on lui dit que la fraîcheur
de fon tein fembloit lui donner un démenti.
Elle prenoit cet aveu pour une injure,
prétendant que les charmes d'une femme de
cinquante ans font trop ridés pour caufer de
l'admiration. Chofe finguliére & bien extraordinaire! Car les perfonnes de fon féxe ne
font guére accoûtumées à tenir ce langage,
puifqu'elles aimeroient mieux qu'on attaquât
leur vertu que leur beauté. Quoiqu'il en
foit, elle me parut fort prévenuë contre
les gens de nôtre Nation, qu'elle traitoit
d'indifcrets & d'évaporez, fe récriant toûjours fur la mauvaife opinion qu'ils ont des
Allemans. Comment, difoit-elle, eft-ce
que les François ont l'audace de leur difputer le bon efprit, en les prenant pour des
gens groffiers & materiels, au lieu de les
prendre pour des gens de bons fens & de
réfléxion, qui pénétrent le fond des chofes
avec beaucoup de jugement? Quoi donc,
continuoit-elle, faut-il être François pour
avoir de l'efprit; faut il avoir cette vivacité
& ce faux brillant qui ébloüit avec un vain
éclat? Faut-il avoir le feu d'une imagination prompte & fubtile pour débiter des for-
netes avec des paroles dorées? Non, non,
cette délicateffe d'expreffions eft de la crême
foüétée; il s'agit, pour rendre juftice aux uns
& aux autres de céder aux François la fcience de bien parler, & aux Allemans celle de

bien penſer. Cette Dame n'en demeura pas-
là ; car aiant attaqué vigoureuſement la
fierté de la Nation, elle la traita de vaine &
d'orgüeilleuſe, dont la préſomption & la
vanité ſont les moindres défauts. Vous
voiez par-là, Monſieur, qu'il falloit qu'elle eût été en France, & d'autant plus qu'elle ſçût fort bien me dire que les François
inſultoient les Allemans par ces proverbes
ridicules. *Cet homme entend auſſi peu raiſon qu'un Alleman, il m'a fait une querelle
d'Alleman. Il me prend pour un Alleman.
Cette Femme eſt une bonne Allemande*, pour
dire qu'elle eſt ſotte & naïve. Cependant,
je tâchois de la diſſuader, en lui remontrant
qu'elle devoit faire une groſſe différence entre les François raiſonnables & ceux qui ſont
aſſez foux de s'imaginer, qu'ils ſont les mo-
déles ſur leſquels tous les autres Nations
doivent ſe former. Je la priai de ſe défaire
de ſes préjugez & de croire que les gens d'eſprit ſont beaucoup d'eſtime des Allemans,
dont on peut loüer le mérite, la probité, le
bon ſens, & la bonne foi. Effectivement,
Monſieur, on ne peut refuſer ces bonnes
qualitez aux gens de quelque diſtinction parmi eux ; auſſi l'étimologie du mot *all* qui
ſignifie *tout*, & *man* qui veut dire *homme*, fait
voir qu'ils ſont propres à tout faire, comme
les Jéſuites, à qui l'on a donné ce titre de
Jeſuita omnis homo; ce qui fait, par une plai-

fanterie fophiftique, que tous les Jéfuites font
Allemans. Je n'en demeurai pas-là , car
je l'affûrai que nous les confidérions par
mille beaux endroits , leur étant redevables
d'avoir trouvé les propriétez de l'aiman ,
fans quoi il eut été impoffible de faire la
découverte du Nouveau Monde ; d'avoir
inventé l'Imprimerie , fans quoi l'on auroit
pris des Manufcrits fabuleux pour des Ecrits
divins ; & d'avoir enfin trouvé l'invention
des Horloges , de la fonte des Canons , & des
Cloches. Ce qui prouve clairement qu'ils
ont beaucoup d'induftrie & de capacité. J'a-
joûtai à cela que l'Allemagne a produit des
foldats dont la valeur & l'intrépidité ont fait
trembler le Capitole , après avoir défait les
Confuls Romains, & foûtenu vigoureufement
les efforts du courage & de la puiffance des
Légions Romaines. Que l'Allemagne n'a
pas été moins fertile en Savans , à la tête def-
quels on peut mettre *Jufte* , *Lipfe* , *Furftem-
berg* , Mr. *Spanheim* & *Melanchton*. A ce mot
de *Melanchton* , la Dame m'imterrompit ,
en me difant qu'elle étoit furprife de ce
que les François reprochoient aux Allemans
le vice de trop boire , pendant qu'on pourroit leur reprocher celui de Platon avec le
jeune *Dion* , & *Agathon*. J'étois prêt à lui
répondre , que fi les François étoient du
goût de ce Philofophe , c'étoit feulement
pour aimer auffi conftamment des Femmes

furannées qu'il aima fa vieille *Archeanaſſe* ;
mais je me contentai de lui dire que les
Allemans ſe ſentant offenſez du tître de
Beuveurs, ſupoſoient aux François l'amour
Platonique, pour les rendre odieux aux perſonnes de ſon Sexe. Il n'en falut pas d'a-
vantage pour les juſtifier, car elle ſe paia
de cette raiſon. Au reſte, elle avoit de l'eſprit infiniment, & même elle étoit ſi aimable à un âge ſi avancé que ſi *Balzac* l'eût
vûë, il ne ſe feroit pas aviſé de dire qu'il n'a
jamais pû trouver de belle Vieille en ſa vie.
Il faloit, ſans doute, que cet Oracle de la
Gaſcogne entendît par ce mot de Vieille une
femme de 70. ans : Car j'en ai vû trois ou
quatre à l'âge de 60. d'une beauté achevée
ſans rides & ſans cheveux blancs ; dont les
yeux ſervoient encore de retraite à *Cupidon*.
Je ne fus pas plûtôt arrivé à *Amſterdam*,
que je loüai le *Rouf* du Bâteau de nuit de
Rotterdam, qui part tous les jours à trois
heures après-midi de l'une de ces Villes, pour
aller à l'autre. J'en fus quitte pour un écu
que je ne regrétai pas. Car j'eus la commodité de dormir avec beaucoup de tranquillité durant la nuit, ſur des matelats
que le Patron eſt obligé de fournir aux Paſſagers qui loüent cette petite chambre. Le
lendemain de mon arrivée à *Rotterdam*, je
m'embarquai pour la Ville *d'Anvers*, dans
une *Seméle* qui eſt un Bâtiment à Varangues

plattes , & à seméles , où l'on ne paie que
demi pistole pour Maître & Valet. Cette
navigation sûre & commode se fait jusques-
là par le secours des Marées & des vents
favorables ou contraires , entre la Terre ferme & les Isles Hollandoises. Je me servis
d'*Anvers* à *Bruxelles* du Bâteau ordinaire,
qui est une espece de Coche d'eau tiré par
un Cheval. Dès que j'arrivai à *Bruxelles* ,
on me conseilla de prendre la poste pour
Lille , parce que les Voleurs ne laissoient
guére passer des Carosses & des Chariots
sans dépoüiller les gens qu'ils y trouvoient.
Je profitai de cet avis , & par ce moien j'é-
vitai ce qui n'eût pas manqué de m'arriver,
si je l'eusse rejetté. Enfin , deux jours après
non arrivée à Lille , je pris le Carrosse qui
part deux fois la semaine pour cette bonne
Ville de Paris , où j'arrivai la semaine pas-
sée après avoir été bien écorché par les im-
pitoïables Hôtes de la route. Ils ne font
non plus de quartier aux Voiageurs qui
ne marchandent pas ce qu'ils mangent, que
les Doüaniers de *Peronne* à ceux qui ne dé-
clarent pas ce qu'ils portent. La visite qu'ils
font est si exact, que non contens de vuider
les Cofres & les malles , ils foüillent les gens
depuis la tête jusqu'aux pieds ; les femmes
grosses leur font si suspectes , qu'ils glissent
quelquefois la main où l'on glisse autre chose. Et si quelqu'un porte du tabac en pou-

dre , du Thé , des Etoffes des Indes ,
ou des Livres de Hollande , tout fon bagage eft confifqué. Je ne fus pas plûtôt arrivé ici , que j'allai à *Verfailles* ,
pour donner les lettres dont Monfieur de
Bonrepaus m'avoit chargé. Les Perfonnes à
qui elles s'adreffcient firent en vain tout ce
qu'elles pûrent pour obtenir de Mr. de
Pontchartrain, que je juftifiaffe la conduite que
j'avois tenu à Plaifance. Il leur répondit
froidement que l'efprit roide & infléxible
du Roi ne recevoit jamais de juftifications
d'un Inférieur envers fon Supérieur. Or cette réponfe , qui ternit en quelque façon l'é-
clat du mérite & la judicieufe conduite d'un
fi fage Prince , me fit bien connoître que ce
Miniftre étoit moins févére par principe d'é-
quité , que pour fuivre la dureté·de fon naturel *Iroquois.* Cependant , je penfai mourir de chagrin, quoique tous mes Amis tâchaf-
fent de me confoler , en me confeillant de
m'élever au-deffus de ma mauvaife fortune , jufqu'au changement de Gouvernement.
Ils ne balancérent point à me perfuader de
chercher quelque afile où je puffe être à couvert de la fureur de Mr. de * * * , pendant qu'il plaira à Dieu de le laiffer vivre pour
lui donner le tems de fe convertir. *Je ne*
veux pas que le pécheur meure , mais je
veux qu'il fe convertiffe , &c. Cette exhor-
tation eft d'une belle fpéculation , mais peu
éficace

efficace lorſqu'il s'agit d'attendre ſi long-
temps , ſans autre reſſource que le tréſor du
fond de la boëte de *Pandore*. Adieu , Monſieur , je partirai inceſſamment pour ma Province, où je ne ferai que paſſer comme un
éclair ; je ne vous écris pas le reſte , me con-
tentant de vous dire ſimplement que je ſuis,

Monſieur , Vôtre , &c.

A *Paris ce* 29. *Decembre* 1694.

MONSIEUR,

VOus ſerez bien ſurpris d'aprendre que
je ſuis à la vûë d'une terre dont il ne
me reſte que le nom. Mais ce qui ſuit vous
ſurprendra d'avantage , c'eſt que toutes les
recommandations des premieres perſonnes de
la Cour n'ont pû toucher le cœur de Mr.
de Pontchartrain , tant il eſt prévenu contre
moi. Il eſt queſtion de vous dire qu'étant
parti de Paris avec bien du mécontentement,
j'allai m'en conſoler, quelques mois , dans
une certaine Province du Roiaume qu'il
vous ſera très-facile de deviner. De-là je
fis un ſaut droit à la Rochelle , où je m'embarquai ſur un bâteau qui porte ordinairement des Paſſagers à la *Tremblade*. Je me
trouvai dans cette voiture dans la compagnie d'un Moine blanc, dont l'hiſtoire eſt trop
ſinguliere pour n'en pas dire quelque choſe.

Il s'apelloit *Don Carlos Baltazar de Mendo-za* : il eft fils d'un bon riche Gentil homme de Bruxelles ; il eft âgé d'environ trente-trois ou trente-quatre ans , & pour le moins aussi haut & aussi maigre que moi. Il fervit trois ou quatre ans le Roi d'Espagne en qualité de Capitaine de Cavalerie , & comme il s'at-tachoit plus à l'étude des fciences qu'à celle de plaire au Gouverneur général des Païs-Bas , Sa Majefté Catholique lui refusa un Régiment que fon Pere ofroit de lever à fes dépens. Ce refus l'obligea de quitter le fer-vice ; enfuite fes parens le voulant marier , il alla fe faire Moine en Allemagne , & quel-que tems après il jetta le *froc aux orties.* Les gens qui m'ont compté fon hiftoire, m'ont affuré qu'il avoit repris & laiffé plufieurs fois fon froc. Quoiqu'i. en foit , on peut dire que ce Moine eft un des habiles hommes de fon fiécle. Il poffede auffi parfaitement les meilleures fciences , que les principales Lan-gues de l'Europe. C'eft un aveu qui eft for-ti de la bouche des plus fines gens de Bour-deaux, qui lui rendirent plufieurs vifites dont je fus le témoin , car nous logeâmes en-femble dans cette Ville-là. Le meilleur de l'affaire , c'eft que le lendemain de nôtre ar-rivée deux Marchands de fon Païs lui con-terent de beaux Loüis d'or , d'une partie def-quels il fe défit en faveur des Soldats du Château Trompéte , qui n'auroient jamais

crû qu'un homme d'Eglise pût être si li-
beral envers des gens de guerre. Tous les
Théologiens, Mathématiciens, & Philosophes qui le visitérent, étoient si charmez de
son sçavoir, qu'ils avoüoient que l'homme du
monde le plus subtil & le plus pénétrant ne
pourroit jamais aquerir après une étude de
60. ans, les connoissances de celui-ci. Nous
demeurâmes quinze jours à Bourdeaux, sans
qu'il eût la curiosité de voir autre chose
qu'une petite Eglise du Voisinage, & le Château Trompete. Il lisoit & écrivoit incessamment : mais pour de Bréviere, *nescio vos*. Je
croi même qu'il n'en portoit pas; car il n'étoit
ni Diacre, ni Prêtre. Pour ce qui est de
son Ordre, il ne m'a pas été possible de le
sçavoir ; car quand je le lui ai demandé, il
m'a répondu, *Je suis Moine blanc, & rien
plus*. Nous prîmes tous deux place dans le
carrosse de Baione, car il s'en va en Espagne, & lorsque nous arrivâmes à *l'Esperon*,
nous nous séparâmes, & je pris la route de
Dax, & lui celle de *Baionne*. Je ne fus pas
plûtôt arrivé dans la maison champêtre où
je suis, que je reçûs une infinité de visites
dont j'aurois bien pû me passer ; car j'ai
la tête si pleine des contes de vigne, de jar-
dinage, de chasse, & de pêche, dont on me parle depuis quatre jours, qu'à peine ai je l'esprit
assez libre pour vous dépêcher cet exprès,
& pour vous faire un détail des affaires qui

K 2

m'obligent à vous demander une entrevûë;
mais ce qui me trouble d'avantage, est l'impertinente folie de nos plus fages compatriotes. Car ces bonnes gens tant Prêtres,
Gentilshommes, que Païfans, ne font que me
parler de Sorciers, depuis le matin jufqu'au
foir, & même ils vous citent en particulier
comme l'homme du monde à qui les Sorciers ont fait le plus de niches. Enfin, pour
peu qu'ils continuënt à me débiter leurs chiméres, je croi que je deviendrai Magicien.
Ces Vifionaires m'affûrent d'un grand fé-
rieux que tel & telle font Sorciers, quelques-
uns jurent de bonne foi qu'ils le font eux-
mêmes, d'autres me difent en confcience,
qu'ils l'ont été, & qu'enfuite ils ont quitté le
fabath. Je demande aux uns & aux autres
les charmes de ce fabath; ils me répondent
que c'eft un Palais où l'on trouve les meilleurs Vins, les plus beaux repas, les plus
belles Femmes, & la plus agréable fimphonie qui foit fous le Ciel; qu'on y boit, qu'on
y mange, qu'on y danfe, & qu'on y fait
avec les Dames ce qu'on peut bien faire ailleurs fans être forcier. Enfin, je ne croi
pas qu'il foit permis aux bêtes d'être fi bêtes que ces foux-là. Ceci furpaffe l'imagination, car enfin, on s'apelle ici Sorcier,
comme ailleurs on s'apelleroit Camarade.
Tout le monde en croit le nombre fi grand
qu'il eft honteux à un homme de ne point

paſſer pour tel ; ainſi chacun ſe fait gloire
de porter ce vénérable tître de Sorcier. On
me prend pour un Athée, depuis que je ſuis
ici, parceque je me tuë de dire à nos Prêtres & à nos Gentilhommes qu'il n'apartient
qu'aux cerveaux creux de donner dans le
paneau de ces rêveries. Mais ce qui me
deſeſpere, c'eſt qu'aiant autant d'eſprit que
vous en avez, vous puiſſiez-vous même gober ces folies ſi monſtrueuſes, malgré cent
raiſons contraires à cette ridicule opinion.
Sçachez, Monſieur, qu'il faut abſolument
nier la toute-puiſſance de Dieu, ſi l'on
établit dans le monde les Sorcierrs, les Ma-
gíciens, les Dévins, les Enchanteurs, les Spectres, les Fantômes, les Farfadets, les Lutins, & le Diable viſible que nous mettons
à la queuë de toutes ces chiméres. C'eſt
avoir peu de religion, d'eſprit, & de ſageſſe
de croire que Dieu ſe ſerve de Sorciers & de
Magiciens pour faire du mal aux hommes,
& aux biens de la terre. Il n'y a que les
Européans capables de croire ces ſottiſes.
Chacun ſe fait un plaiſir de conter ces vi-
ſions. Il ne ſe trouve perſonne qui n'ait vû,
ou entendu quelque eſprit en ſa vie. Peu
de gens vont à la ſource de ces erreurs po-
pulaires. On ſe feroit un ſcrupule de croire
que ce ſont des inventions des Prêtres Ido-
lâtres, & Chrétiens; on a trop bonne opinion des gens d'Egliſe pour leur imputer ce-

la ; & fi par hazard il fe trouve un homme
perfuadé de la fourberie des Prêtres qui faifoient parler les oracles , pour efcroquer la
bourfe des hommes , & les cuiffes des femmes , il fe trouvera cent ignorans qui ne le
croiront pas. Croiez moi , Monfieur , j'en
demeure à ces anciens Prêtres , pour ne pas
vous fcandalifer par les induftries des Mo-
dernes . j'ai la marmite du Papé trop en tête
pour l'empêcher de boüillir ; car elle pourroit bien être un jour ma derniere reffour-
ce , ainfi je dois me taire. Ceci mériteroit
une differtation claire & diftincte ; peut-être
l'aurez vous de moi quelque jour. Cependant
aprenez , s'il vous plaî: , qu'un * Efprit fort
ne fçauroit jamais fe laiffer perfuader qu'il
y ait des Sorciers &c. fur tout en confiderant
qu'ils font tous gueux comme de rats d'E-
glife ; & comment eft-ce que ces coquins
auroient le courage de fe fier à un Maître
qui les laiffe pendre & brûler , bien loin de
leur enfeigner des tréfors cachez , & mille
autres fecrets dans le commerce du monde ,
qui pourroient les enrichir ? Comment peut-
on croire , je vous prie , que Dieu donne le
pouvoir à ces gens là d'exciter des tempê-
tes , de bouleverfer les élemens ? On prétend

* J'apelle Efprit fort un homme qui aprofondit la nature des chofes , qui ne croit rien que ce que la raifon
a meurement examiné , & qui fans avoir égard aux
préjugez , déci fagement les affaires dont il s'eft
éciairci à fond.

que le diable les engage par des promesses, &
qu'il fait des pactes avec eux sous seing privé ;
si cela étoit il s'ensuivroit que Dieu donne le
pouvoir au diable de séduire les misérables
mortels ; ce qu'il ne sçauroit faire sans auto-
riser le mensonge. Ainsi, c'est insulter en forme la sagesse de Dieu, de prétendre qu'il arme
l'ennemi du Genre-humain contre les hommes. Il n'apartient qu'aux cerveaux creux &
propres à recevoir toutes fortes de rêvéries,
de croire comme des articles de foi, la méchanceté des forciers, l'induſtrie des magiciens, le pouvoir des enchanteurs, l'aparition
des esprits, & la souveraineté du diable, puis
que tout cela ne se trouve que dans l'imagination des foux & des cagots. Il eſt bon que la
populace se repaiſſe de ces chimères ; les gens
qui les prêchent y trouvent leur compte par-
tout Païs, faites un peu d'attention à ceci, &
vous trouverez que j'ai raison. Il ne falloit
autrefois qu'être Philofophe ou Mathémati-
cien pour être Sorcier. Les Sauvages croient
qu'une montre, une bouſſole, & mille autres
machines sont mûës par des esprits. Car les
peuples ignorans & groſſiers se forment des
idées extravagantes de tout ce qui surpaſſe
leur imagination. Les Lappons & les Tartares
Kalmoukes ont adoré des Etrangers, pour
leur avoir vû faire des tours de gibeciére. Le
mangeur de feu de Paris a paſſé très-long tems
pour un Magicien. Les Portugais brûlérent

un cheval qui faiſoit des choſes merveilleuſes, & ſon Maître l'échapa belle, parce qu'on le croioit un peu Sorcier. En Aſie les Chimiſtes ſont réputez empoiſonneurs; en Afrique les Mathématiciens paſſent pour des enchanteurs; en Amérique les Médecins ſont regardez comme des Magiciens, & en quelques endroits de l'Europe ceux qui poſſedent la langue Hébraïque ſont accuſez d'être Juifs. Revenons aux Sorciers; quelle aparence y a-t'il que ces gens-là vouluſſent donner leur ame au diable, pour les plaiſirs imaginaires du ſabat, pour empoiſonner des beſtiaux, pour faire tomber des orages de grêle ſur les bleds, pour élever des vents furieux qui renverſent les arbres & les fruits? Ne lui demanderoient-ils pas plûtôt des richeſſes? Car enfin, ſi le diable a le pouvoir de bouleverſer les élémens, & d'interrompre le cours de la nature, pourquoi n'auroit-il pas celui de tirer de l'or des mines du Perou, ou des Tréſors de l'Europe, pour faire des penſions à tous ces Sorciers, qui ſont gueux comme des rats d'Egliſe. Vous me répondrez que les piéces d'argent ſe convertiſſent dans les mains du diable en feüilles de chêne, or cette raiſon détruit le pouvoir qu'il a de faire tant de merveilles, & même celui qu'il communique aux Sorciers. Mais ſupoſons qu'il ne lui ſoit pas permis de manier de l'argent, ne pourroit-il pas, étant auſſi ſçavant qu'on la

fait leur enseigner les moiens d'en aquérir dans le commerce & dans les Jeux, leur
indiquer les trésors cachez ou perdus par le
naufrage des Vaisseaux, ou du moins leur
donner le même secret qu'au Magicien *Pá-
fetes*, qui faisoit revenir dans sa bourse
l'argent qu'il avoit dépensé? Vous trouverez des gens qui vous soûtiendront que le
diable s'est servi de la goetie très-long-tems
avant le Déluge, pour précipiter les peuples dans une idolâtrie magique; mais si
vous menez ces docteurs de conséquence
en conséquence, il s'ensuivra que Dieu seroit d'une malice atroce; ce qui ne sçauroit
être. Ne vous étonnez pas, Monsieur, de
ce que je nie à cette heure les Magiciens,
aussi-bien que les Sorciers; je le fais parce
que, à mon avis, si l'on convenoit des uns, il
faudroit convenir des autres. Il n'y a point
d'homme au monde qui ne prenne *Agrippa*,
pour le Prince des Magiciens; cependant il
ne l'étoit non plus que vous. Voici en quoi
consistoit sa Magie. Ce Philosophe des plus
habiles de son siècle aiant donné des preuves de son sçavoir, en presence de la canaille de Lion, les femmes en furent si
charmées, qu'elles se servirent presque toutes de lui pour coëffer leurs maris, il eut
quelques Religieux Démonographes pour
rivaux, qui le mirent aussi-tôt à la tête des
cinq Papes que le Cardinal schismatique

K 5

Benno a eu l'infolence de traiter de Magiciens. Cependant , le Livre d'Agrippa fait
autant d'impreſſion ſur l'eſprit des ſots ,
que le Grimoire , les Clavicules , & que le
Haptameron de Pierre *d'Apono*. Toutes ces
chiméres viennent des impertinens Démonographes, qui ont rempli toute la terre d'il-
luſions , par malice , ou par ignorance. Je
ne ſçaurois lire les Livres de Jean *Nider*, de
Vvier , de *Niger* , de *Sprenger* , de *Platine*,
de *Toſtat* , & des Jéſuites *del Rio* , & *Maldo-
nat*, ſans les maudire éternellement, car ils
ſoûtiennent des abſurditez ſi contraires à la
raiſon & à la ſageſſe de Dieu , que les Princes Chrétiens dévroient faire une recherche
de tous ces exemplaires, pour les faire brûler
par la main du bourreau , ſans épargner la
Démonomanie de Jean *Bodin* , le Maillet
des Sorciers , & les ſept Trompétes. Quelle
aparence y a-t'il qu'*Eric* Roi des Gots fût
ſurnommé *Chapeau venteur* , à cauſe qu'il
apelloit tous les vents avec ſon chapeau , les
faiſant tourner vers la partie du monde que
bon lui ſembloit ? Que *Paracelſe* eût une
armée de diables ſous ſon commandement ;
Que *Santabarenus* fit voir à l'Empereur Ba-
ſile ſon fils en vie, quoiqu'il fût mort , que
Michel l'Ecoſſois prédît à l'Empereur Frédé-
ric II. le jour qu'il mourroit à *Fiorenzola*
dans la Pouille , que *Pithagore* fit mourir
un ſerpent en Italie, par la vertu de certai-

nes paroles magiques ? Cependant ces Auteurs foûtiennent cent mille fables de cette
nature, comme des véritez incontestables.
Mais ce que *Gervais* foûtient de la mouche
d'airain de Virgile, couronne l'œuvre. Je
m'étonne qu'un Chancelier de l'Empereur
Othon ait pû montrer fon extravagance par
cette fauffeté, fuivie de mille autres ; cela
vous fait voir que la dignité de Chancelier
n'a pas toûjours la vertu de rendre fages tous
ceux qui en font revétus. N'avons-nous
pas oüi dire cent fois que le diable avoit
emporté le Préfident *Pichon* ? Perfonne
ignore-t'il le pacte de Mr. le Maréchal de
Luxembourg ; & ne croit-on pas aveuglement que le pauvre * *Grandier* fit fortir cent
diablotins de l'enfer, pour entrer dans le corps
des Religieufes de Loudun ? Quelles impertinentes fottifes allégue Jean *Schefer* dans
fon Hiftoire de Laponie ? Cela n'eft il pas
étonnant qu'on permet la lecture de ces livres?
N'y a-t'il pas des gens affez foux pour croire ces chiméres, comme des articles de Foi ?
Les defabuferez-vous, & vous fera-t'il poffible de les perfuader qu'il n'y a point de
Noüeurs d'éguillette, d'Empfalmiftes qui
guériffent les plaies par des paroles, des ven-
deurs de caractéres, qui par la vertu de cer-

* Curé de Loudun que la tirannie du Cardinal de
Richelieu fit périr par le feu, fans avoir commis
d'autre crime que celui de lui avoir déplû.

K 6

nes froles, jarretiéres, &c. font des miracles
de toutes efpeces? Non, Monfieur, vous n'en
viendriez jamais à bout. On vous prendroit
pour un Hérétique, ou tout au moins pour
un Magicien, qui butteroit par cette fineffe
à mettre à labri des pourfuites de vôtre Parlement toute la Confrairie Magique. Croiez-
moi, Monfieur, tout ce que je vous é-
cris eft pofitif, le diable n'a pas le pouvoir
de fe manifefter à nos yeux; par conféquent
il ne fçauroit nous attirer dans fon parti,
par des conventions de Magie, ou de for-
tilege; cela repugneroit trop à la bonté de
Dieu, qui ne tend point de piéges aux hommes déja fujets à tant d'égaremens, par leur
propre mifere. Mon intention, comme vous
voiez, n'eft pas de nier le diable, car je
croi qu'il eft aux enfers; mais je nie qu'il
ait jamais forti de ce Païs-là, pour venir
faire du ravage en celui-ci. Vous aurez beau
m'alleguer les paffages de l'Ecriture; je vous
répondrai que fi vous les preniez tous à la lettre, vous donneriez des pieds & des mains
à Dieu, & même il faudroit que vous fif-
fiez parler le S. Efprit comme un Iroquois.
Il faut que vous fçachiez qu'avant l'arrivée
du Meffie, les démons étoient des Dieux
benins & tutelaires, & ce mot de δαιμονία ne
fignifioit autre chofe que les bons genies.
Mais les Evangeliftes les ont rendus infer-
naux, en leur donnant l'épithete de κακα,

qui veut dire méchans. Ce qui fait que depuis ce tems-là les bons diables font deve-
nus malins, felon le fens litteral. Vous voiez
donc, Monfieur, que je ne m'obftine qu'à
nier les Sorciers, les Magiciens, les Enchanteurs, &c. Cela m'eft d'autant plus facile que les Interprétes de l'Ecriture Sainte
les apellent indiféremment Aftronomes,
Chiromanciens, & Aftrologues. De forte
que par l'explication de ces mots finonimes,
ils n'ont jamais prétendu dire que ces gens-là
fuffent les écoliers du diable ; ceci mériteroit une differtation fort étenduë. Car la
matiére eft un peu délicate. Je me contente de l'éfleurer en paffant, fans m'arrêter
plus long-tems à juftifier des criminels d'un
crime imaginaire, qu'il eft impoffible de commettre effectivement. Croiez-moi, Monfieur, les Magiciens font ces filoux qui
coupent adroitement la bourfe, & qui dé-
crochétent les portes avec la même fubtilité ;
les Spectres, les Fantômes, les Lutins, les
Farfadets & les Efprits, font ces marauts de
valets qui volent de nuit les fruits du jardin, le bled du grenier, l'avoine de l'écurie,
qui careffent les fervantes, & peut-être, la
femme de leur maître. Les Enchanteurs
font ces coureurs de ruelles, ces foupirans
en titre d'office, qui fous promeffe de mariage, attrapent les fottes filles, qui donnent
dans le panneau de leurs enchantemens. Les

devins font ces fins Ecclefiaftiques qui con-
noiffant la foibleffe d'efprit de certains Ri-
chards, leur extorquent des legs pieux, avec
leur dextérité ordinaire ; & les Sorciers font
ces faux Monoieurs dont nôtre Païs eft affez
fertile, auffi-bien que de ces Rogneurs qui font
la barbe fi adroitement aux piaftres & aux piftoles d'Efpagne; car c'eft juftement durant la nuit,
& dans les lieux les plus cachez qu'ils font ces
operations fabathiques. Je vous dis tout ceci
pour en être bien informé. Aprés cela vous en
croirez tout ce qu'il vous plaira. Je fçai que les
Bearnois ont un peu de penchant à la fuperfti-
tion ; ils en font redevables aux anciens membres de leur * Parlement, qui pouffez d'une
cruauté pire que celle de Néron, ont fait brûler tant de pauvres malheureux innocens. Si
ces enragez Confeillers font en Paradis, il eft
fûr que vous ni moi n'irons jamais en enfer.
Croiez-moi, tout homme qui fera capable
de croire les chimeres dont il eft queftion,
ne héfitera pas à gober cent mille autres fables, dont les gens d'efprit fe mocquent fort
fagement. Mon intention n'eft pas de défabu-
fer le vulgaire ignorant, car ce feroit vouloir
prendre la Lune avec les dents. Ce n'eft
qu'à vous à qui j'en veux ; car vous jurez, à
ce qu'on dit, que tous les Chats de la Province ont l'honneur d'être animez par les ames
de ces anciens Sorciers, dont les cendres ont

* Pau Capitale du Bearn Province de France.

fervi long-tems aux blanchiffeufes de *Pau* pour
faire la leffive. Vôtre falut ne dépend pas
de cette créance. Car ce n'eft pas un article de foi. On fe fait grand tort à foi-même
d'ajoûter foi à ces fornétes d'aparitions. C'eft
être ingénieux à fe faire peur en fe metant dans
l'efprit qu'un Diable fe transforme en Dogue,
un Sorcier en Chat, un Magicien en Loup, &
qu'une Ame du Purgatoire préne toutes fortes
de figures pour mandier des priéres à des Vivans, qui font affez embarraffez à prier Dieu
qu'il les exauce eux-mêmes. Dés qu'on croit
ces vifions, on ne fçauroit coucher feul dans
une Maifon, le bruit d'un Rat fufiroit pour faire
glacer tout le fang dans les veines d'un homme comme vous. Car une imagination épou-
vantée tremble à la vûë de fes propres chiméres. Outre le mal qu'on fe fait à foi-même, on
en caufe beaucoup aux autres, par le recit
qu'on fait de mille avantures impertinentes
& ridicules. Les efprits foibles les avalent
comme de l'hipocras : on intimide tellement
les femmes qu'elles font obligées de faire
coucher avec elles, en l'abfence de leurs maris, des gens affez réfolus pour faire tête aux
Sorciers, aux Magiciens, aux Spectres, &c.
Les jeunes filles ne fçauroient aller verfer
de l'eau, fi quelque Laquais bien armé ne
les accompagne le flambeau à la main. Enfin, il arrive de ceci mille chofes fâcheufes,
dont les Voleurs, les Scelerats, & les pail-

lards profitent avantageufement. Pour moi
je jurerai de bonne foi que je n'ai jamais
de ma vie rien vû, ni entendu de furnatu-
rel, pendant la nuit, en quelque Païs que
je me fois trouvé. J'ai fait tout ce que j'ai
pû pour voir ou entendre quelque nouvelle
de l'autre Monde. J'ai traverfé plus de cent
fois à minuit le Cimetiére de Qùebec, en me
retirant feul à la baffe Ville, & je n'ai jamais rien aperçû ; mais fupofons que
j'euffe vû quelque fantôme, excufez la
fuppofition, fçavez-vous ce que j'aurois fait ?
Le voici. J'aurois paffé mon chemin l'é-
pée nuë fous le bras, fort tranquilement. Si
le Spectre eût été à côté, & s'il fe fût pofté
dans le milieu du chemin, je l'aurois prié
fort honnêtement de me laiffer paffer. Vous
répondrez à cela, que les épées & les Piftolets
font fort inutiles en ce cas-là ; je l'avouë,
mais il feroit arrivé de deux chofes l'une,
qui eft que fi ç'eût été un Spectre, ma
fuppofition continuant, j'aurois auffi peu
bleffé de mon épée une Ombre, une vapeur, que cette ombre & cette vapeur auroit pû me bleffer ; & fi ç'eût été quelque
vivant fous une figure hideufe, mes armes
auroient produit l'effet de châtier un infolent.
Remarquez, s'il vous plaît, que dans tous
les contes d'apparitions d'Efprits, de Fantômes, de Lutins, &c. Vous n'avez jamais
été tué ni bleffé, au moins n'en avons-nous

jamais vû, fi donc ces prétendus Ambaffadeurs d'enfer, ont les bras fi mous, pourquoi
les craindrons-nous davantage que les éclairs
affreux qui précedent les éclats du Tonnerre?
Car enfin, un homme fage ne doit naturellement craindre autre chofe que ce qui peut
lui nuire directement ou indirectement. Cependant, me direz-vous, il faut qu'il y ait
quelque chofe à cela que je ne conçois pas,
puifqu'un homme de guerre reconnu pour
brave & pour intrépide en cent occafions, a
tremblé, pâli, & fué de fraieur, à la vûë
& au bruit d'un jeu de Fantômes vivans, qui
prétendoient fe divertir à fes dépens. Je
conviens que cela peut arriver, puifque cela
eft déja arrivé à des gens de courage. Mais
cela provient de ce qu'ils ont donné dans les
vifions dés leurs plus tendres années, &
qu'ils s'y font toûjours entretenus, fans fe
donner la peine de bien examiner s'il pouvoit
y avoir des Spectres, ou non. Ils ont crû ce
que les autres gens bornez croient de la puiffance du Diable, en un mot, ces gens-là ne
craignent uniquement que leur imagination. C'en eft fait, je m'arrête-là, car
le temps preffe. Je dois travailler fans
ceffe à mes affaires. Dieu veüille que je
ne trouve point de Chicaneurs en mon
chemin, car on ne fe tire pas fi bien
d'affaire avec eux, qu'avec les Sorciers
& les Fantômes. Je vous demande une

entrevuë à *Orthez*. Les papiers qui ac-
compagnent cette lettre vous diront le
fait dont il eſt queſtion. Je voi que ce
Païs eſt bon, mais, entre nous, la mon-
noïe ni galoppe guére, c'eſt ce qui ne
m'accommode pas ; car on ne vit pas
ſans argent parmi les Européans, comme on fait parmi les Hurons de Canada. Je regréte ce Païs-là toutes les fois
que la marée deſcend de ma Bouſe, pour
faire Place aux inquiétudes & aux ſou-
cis que j'ai pour la remplir de ce précieux métail, qui donne de la joïe & de l'eſprit, &
toutes ſortes de beaux talens aux hommes les
moins hommes. Sur cela je ſuis,

Monſieur, Vôtre, &c.

A. ERLEICH.

Le 4. Juillet, 1695.

MONSIEUR,

POur le coup je ſuis ſauvé, aprés l'avoir
échapé belle, comme vous l'aurés ſans
douté apris, lorſqu'on vous aura donné des
nouvelles de ma fuite, dont voici le détail
en fort peu de mots. J'étois prêt à me trouver au Rendez-vous que je vous avois donné à *Orthez*, & pour cet effet j'avois été à
Dax, où je devois recevoir des papiers,
qui me paroiſſoient fort utiles ; quand

par un bonheur fans égal, une lettre d'une
certaine perfonne de Verfailles me fut ren-
duë. Je ne l'eus pas plûtôt lûë que je pris
le chemin de mon Auberge, afin de médi-
ter les moiens de fortir du Roiaume, fans
être pourfuivi. Vous pouvez croire que
mon Confeil fut bien tôt affemblé, car une
cervelle comme la mienne n'eft pas de nature à perdre le tems en délibérations. Sur
ce pied, je me déterminai à donner le change à mon hôte, lui demandant par écrit le
chemin d'*Agen*, où je fupofai avoir quelque affaire. Le meilleur de l'affaire c'eft
que j'avois déja tiré de mes Fermiers près de
deux cens Loüis, comme vous l'avez apris,
avec un trés-beau cheval qui m'a fi généreufe-
ment retiré du bourbier. Il fut queftion de
me lever au point du jour, & de me faire
conduire par une porte de la Ville, qui me
menoit à toute autre route que celle dont je
vous parlerai. Car, dés que je fus forti,
ja pris le chemin d'*Ortez*, évitant toutes
fortes de Bourgs & de Villages, paffant par
des Landes, dans des Champs, dans des
Vignes, & dans des Bois, en fuivant de petits fentiers, couchant en des maifons écar-
tées. Je n'avois d'autre guide que le Soleil,
& la vûë des Pirénées. Je demandois aux
gens que je rencontrois dans mon chemin,
quel étoit celui de *Pau*, enfin, pour couper
court, fans m'arrêter au recit de quelques

rencontres , je vous dirai que j'arrivai à
Laruns , le dernier Village de Bearn , fitué ,
comme vous fçavez , dans la Vallée *d'Oᶻao*.
Je ne fus pas plûtôt entré dans cet imperti-
nent Village , qu'un tas de Païfans m'inve-
ftit de tous côtez. Jugez , s'il vous plaît , fi
je n'avois pas raifon de croire que le grand
Prevôt n'étoit pas loin. Cependant je me
trompai , car ces coquins ne m'arrêtérent que
parce que ma mine leur parut Huguenote.
Ils me laifférent pourtant mettre pied à terre,
dans un Cabaret, que vous auriez pris pour
l'Antichambre de l'enfer , tant il étoit obfcur
& plein de fumée. Ce fut-là que le Curé
prit la peine d'acourir pour m'interroger fur
des matieres de Religion. Ce fut auffi-là où
je connus que la plûpart des Curez de Village , fçavent auffi peu ce qu'ils croient que
leurs Paroiffiens , car après lui avoir répondu fur tous les Points dont il m'avoit in-
terrogé il jura fur fon Dieu que j'étoi
Huguenot. C'eft ici , Monfieur , où la
patience penfa m'échaper , mais à la fin
confidérant que j'avois affaire à des Bêtes , je crûs qu'il faloit auffi les traiter en
Bêtes : il falut donc me réfoudre à leur ré-
citer des Litanies & les Vêpres du Diman-
che. Cependant cela ne produifit pas l'effet
que j'en attendois ; car ils s'obftinoient toûjours à me vouloir conduire à Pau ; aprè
cela jugez de l'embarras où je me trouvois

Car cette infâme Canaille difoit que les Pfeau-
mes & les Litanies étoient les premieres prieres que les Huguenots aprenoient pour fortir du Roiaume. J'avois beau dire que j'é-
tois Ecuïer de Mr. Sablé d'Etrées, & que
j'allois joindre cet Ambaffadeur en Portugal.
C'étoit *clamare in Deferto.* J'avois beau les
menacer d'envoier un Exprés à l'Intendant de *Pau*, pour demander juftice de l'af-
front qu'ils me faifoient, & de mon retardement. Tout cela ne les touchoit point. Enfin, après avoir bien réfléchi fur l'embarras
où je me trouvois, je me réfolus d'effaier
tous les moiens qui peuvent ébloüir les
ignorans, quoique la chofe fût difficile, parce qu'ils fe donnoient tous des airs de Docteurs. C'eft ici où je dois prier Dieu qu'il
beniffe l'Inventeur du Tabac en poudre, car
pendant que j'agitois mon efprit trois ou qua-
tre-heures avec ces Marauts, je ne faifois qu'en
prendre fans m'en apercevoir. Or comme
j'ouvrois ma Tabatiere à tout moment, un
des plus traitables Païfans de la Compagnie
s'avifa de me demander à voir la peinture
qui étoit dedans; laquelle repréfentoit une
Dame de la Cour étenduë fur un lit de repos toute nuë, les cheveux épars. Celui-ci ne
l'eût pas plûtôt vûë, que l'aiant fait voir
aux autres, ils fe dirent entr'eux en *Béar-*
nois, que c'étoit une Madelaine. A ce beau
mot (je pris courage, ne faifant pas fem-

blant de l'entendre ; quand tout-à-coup le
Curé me demanda ce que ce portrait-là si-
gnifioit. Je lui répondis que c'étoit une Sainte qui vengeroit l'infulte qu'on faifoit au
meilleur de tous fes Dévots , & prenant la
bale au bond, je regardai fixement cette nudité , & je forgeai fur le champ une priere à cette Sainte , fuivi d'un éloge , où je lui attri-
buois plus de miracles qu'à tous les autres
Saints de Paradis. Cette oraifon jointe aux
exclamations que je faifois, aveugla tellement
la Troupe , que chacun baifa , tête nuë , la
Dame dont il eft queftion , avec un zéle
merveilleux. Alors je ceffai d'être Huguenot , d'autant plus que je continuai à invo-
quer cette Sainte qu'on connoît en Bearn avec
la même ferveur & la même difpofition à faire
des miracles. Ce fût à qui pourroit obtenir ces
prieres par écrit , pendant que chacun s'em-
preffoit à l'envi de me guider dans les Montagnes , & de me fournir des Mules. Voilà , Monfieur , un détail affez plaifant des
effets du Tabac en poudre. S'il fert à bien
des gens pour trouver une réponfe , pendant
cet efpace de tems qu'il lui faut pour aller
depuis les doigts jufqu'au fond du nez ; il m'a
fervi d'une autre maniere à me tirer d'affaires , fans y penfer. Quel malheur pour un
honnête homme d'être obligé de profaner les
Saints pour fauver fa vie ? Il eft vrai que j'ai
dirigé mon intention en cela. Néanmoins,

j'en ai demandé pardon à Dieu. Or ceci
vous fait voir qu'un menfonge bien habile
fait dans l'efprit du Vulgaire ignorant, des
impreffions que la vérité toute nuë ne fçauroit faire. Quelle pitié qu'un Curé ne fça-
che pas fon Catéchifme! pendant qu'il ava-
le des fables pour des miracles. C'eft l'affaire des Evêques, & non pas la mienne: il
en eft de ces Prélats comme des Officiers de
guerre, plufieurs le font par faveur, plûtôt
que par mérite. La plûpart s'attachent à la
fcience de plaire à leurs Souverains, au lieu
de plaire à Dieu. Vouloir réformer ces abus,
c'eft prétendre avaler toute l'eau de la Mer.
Je n'en dis pas d'avantage; car ceci ne me
touche pas. Ainfi, je reprens le fil de mon
Avanture, en vous difant que je loüai deux
Mules, l'une pour mon Guide, & l'autre pour
moi. Mon cheval étoit fi fatigué des efforts
qu'il avoit été obligé de faire pour me fauver, que la reconnoiffance vouloit que je le
traitaffe, avec toute forte de douceur & d'hu-
manité, puifqu'il l'avoit fi bien mérité par
fes bons fervices. Cependant, la nuit qui
me paroiffoit un fiécle, tant je craignois l'a-
proche de l'Engeance Prevôtale, me donna
plus de tems qu'il n'en faloit pour demander pardon à Dieu de l'invention dont je
m'étois fervi, fous les aufpices de fes Saints,
pour me tirer d'affaire. Dans cette fituation
je mettois inceffamment la tête à la fenêtre,

pour apeller l'aube du jour ; mais ce Village est si fort enclavé dans les Pirénées , qu'à
peine y voit-on le Soleil au plus haut degré
de son ascension , & la dixiéme partie de la
voute des Cieux Enfin , las de cette manœuvre & fatigué des travaux du corps & de l'esprit , j'allois donner à la nature une heure de
sommeil , pour trois jours de veille , quand
j'entendis un grand bruit d'hommes & de chevaux à la porte du Cabaret. Les coups qu'ils
y donnoient , & les cris qu'ils jettoient, firent
glacer tout mon sang dans les veines , car
je crus que tous les Archers du Roiaume
étoient à mes trousses. Cependant , j'en fus
quitte pour la peur ; car c'étoit des Mule-
tiers qui alloient trafiquer en Espagne. Pendant ce temps-là mon Guide & le jour étant
arrivez ensemble, nous profitâmes de la compagnie de ces Voituriers. Ce jour-là nous
passâmes jusqu'à *Sallent* premier Village
d'Espagne , éloigné de sept lieuës de *Sarans* ,
après avoir passé devant une maison qu'on
apelle * *Aigues-Caudes* , où l'on prend les
bains qui guérissent une infinité de maladies.
Dès que j'arrivai à *Sallent* , on me conduifit dans un Cabaret sombre & ténébreux,plus
propre à loger des Morts que des Vivans.
J'étois si fort accablé de sommeil que je dor-
mois debout. Mais comme les lits me parurent des greniers à poux , je fis étendre de
la

* C'est-à-dire, eaux chaudes.

la paille fur le planché, où je me jettai, a-
près avoir permis à mon guide de faire auffi
bonne chere qu'il voudroit, pourvû qu'il
ne m'éveillât pas. En cét état, je dormis depuis neuf heures du foir jufqu'au lendemain
à midi, fans m'éveiller, enfuite nous em-
ploiâmes le refte du jour à chercher de quoi
faire un très-mauvais repas. Le jour fuivant
nous piquâmes de fort bonne grace pour gagner un cabaret, où nous trouvâmes quantité de Poulets & de Pigeons, fur lefquels nous
nous dédomageâmes du précedent gîte. Enfin, nous arrivâmes hier en cette Ville, qui
eft fituée dans le plat Païs, à deux lieuës
des Montagnes. Tout ce que je puis vous
dire, c'eft que depuis *Sarans* jufqu'ici, la
traverfe eft de 22. lieuës; & l'on ne fait
que monter & décendre par des chemins
fi étroits, que pour peu qu'une mule bron-
chât, on tomberoit avec elle dans des pré-
cipices affreux. Mon guide m'a dit que la
route de la Valée *d'Afpe* eft plus belle,
plus courte & plus commode. Mais que la
plaine de *Saint Jean de pied de porc* furpaffe
la valée *d'afpe*, & qu'il n'y a que huit
lieuës de diftance entre *Roncevaux* & le
plat païs de la *Navarre*. Quoiqu'il en foit,
je fuis furpris que Hercule n'ait pas fé-
paré ces Montagnes, pour la commodité
des Voiageurs; comme il a fait celles de
Calpé & *Abila* pour l'avantage des Naviga-

Tome III. L

teurs. Je pars demain à la pointe du jour, pour *Saragoça* , afin d'y arriver le même jour.

Je suis, Monsieur, &c.

A HUESCA, le 11. Juillet 169;.

MONSIEUR,

DEpuis trois mois que je suis dans cette bonne Ville de *Saragoça* , vous m'avez écrit sept ou huit fois, en vous plaignant incessamment du peu de soin que j'ai eu de satisfaire vôtre curiosité , mais il faut vous en prendre à vous-même , & non pas à moi. Car , si vous n'aviez pas été si négligent à m'envoier ce que je reçois aujourd'hui , ma plume n'auroit pas tracé dans mes Lettres l'inquiétude de mon esprit , au lieu de vous raconter ce qui suit.

Je ne sçai si je dois apeller cette Capitale du Roiaume d'Arragon simplement belle, ou si je dois y ajoûter le mot de *très* ; quoiqu'il en soit, elle est fort grande. Les ruës sont larges , & bien pavées , les maisons ordinaires ont trois étages , les autres en ont cinq ou six ; mais elles sont toutes bâties à l'antique. Les Places ne méritent pas qu'on en parle. Les Couvens , qui sont ici en quantité, sont généralement beaux , & leurs jardins & leurs Eglises ne le sont pas moins. L'Eglise Cathédrale , qui s'apelle *la Ceu* ,

eſt un très-beau , & très-vaſte édifice.
L'Egliſe de * *Nueſtra Senora del Pilar* n'a
rien que de fort ordinaire en ce qui regarde
l'Architecture. Il eſt vrai , que la Chapelle où eſt cette *Senora* , ſemble tant ſoit
peu curieuſe , parce qu'elle eſt ſoûterraine.
Les Eſpagnols prétendent qu'elle eſt d'une
matiere inconnuë à tous les hommes. Sans
cela , je la croirois de bois de noier. Cette
Chapelle a trente-ſix pieds de longueur
& vingt-ſix de largeur ; elle eſt remplie de
Lampes , de baluſtres , & de Chandeliers
d'argent , auſſi bien que le grand Autel , &
de quantité de pieds, de mains, de cœurs, &
de têtes , que les miracles de cette Vierge
ont attiré dans ce lieu-là. Car vous ſçavez
qu'elle en fait tous les jours qui ſurpaſſent
l'imagination ; mais ce qu'il y a de plus ſolide , c'eſt une infinité de Pierres précieuſes ,
d'un prix ineſtimable , dont ſa robe , ſa Couronne & ſa Niche ſont remplies. † Cette
Ville eſt ſituée ſur les bords de la riviere de
l'Elbre : qui eſt large comme la Seine à Paris,
& bâtie ſur un terrain égal & uni, étant
revétuë d'une ſimple muraille , dégradée &

---

* Nôtre Dame du Pillier.

† On voit encore deux Egliſes conſtruires par les
Gots , où il ne manque ni beauté ni ſolidité. On y remarque de très-belles voutes d'ogive , qui font voir
que ces Peuples entendoient parfaitement bien la Sté-
réotomie.

déchauffée en quelques endroits. Les Arragonois estiment infiniment le Pont de Pierre
qui traverse la riviere, parcequ'ils n'en ont
pas vû cent autres qui sont plus beaux. Ils auroient plus de raison de regarder le pont de
bois situé un peu au-dessous, comme le
plus beau qui soit en Europe. On trouve
dans cette Ville des Academies pour les exercices du corps & de l'esprit ; sur tout une
belle Université qui ne céde qu'à celles de
Salamanca, & de *Alcala de Henares*. Les é-
coliers sont généralement tous habillez comme les Prêtres, c'est à-dire en manteau long.
Mr. le Duc de *Jouvenazo* est Viceroi de ce
Roiaume ; cette Dignité Triennalle me paroît plus honorable que lucrative ; car elle ne
rend que six mille écus par an. L'Archevêque,
en tire vingt mille de son Archevêché, mais
comme il est véritablement homme de bien,
il distribuë le tiers de ce revenu aux pauvres.
Sa naissance est des plus obscures, cependant
il a été Président d'un des Conseils de la Cour
d'Espagne, peut-être est-ce à cause de l'an-
tipatie naturelle qu'il a toûjours euë pour les
François. Les Chanoines de sa Cathédrale, &
ceux de nôtre Dame du Pilier retirent cent é-
cus par mois de leurs Canonicats. * *El justitia*
est le chef de tous les tribunaux de l'Arragon.
C'est entre ses mains que les Rois d'Espa-

---

* Cette Charge est à peu près celle de Chance-
ier.

gne trouvent une épée nuë, quand ils prêtent
le ferment de conferver les Priviléges de ce
Roiaume, à leur avénement à la Couronne.
Cette cérémonie fe fait à la maifon de
députation, qui eft un édifice merveilleux.
Le *Salmedina* eft une efpece de Lieutenant
Général Civil & Criminel. Cette charge de
robe & d'épée eft triénalle, auffi-bien que
celle de fon Lieutenant. ⋆ L'*Audiancia Real* eft
compofée de plufieurs Confeillers qui font
auffi friands d'épices que les nôtres ; outre
cela il y a cinq Jurats, qui ne confervent leur
pénible emploi que deux ans. Ce font des
Juges de Police, qui fe chargent du foin de
la Ville. Enfin, je n'aurois jamais fait, fi j'en-
treprenois de vous faire un détail des autres
charges de ce Roiaume. Le pain, le vin, la
volaille, les perdrix, & les liévres y font à
très-bon marché. Mais la viande de boucherie
eft extrémement chere, & le bon poiffon
tout-à-fait rare. Les étrangers qui paffent
dans cette Ville, font réduits à fe loger en
certaines hôtelleries que les Efpagnols apellent *Mefon*, où les hôtes ne fourniffent aux
paffans que la chambre & le lit, l'écurie, la †
paille & l'orge. Il eft vrai que les valets ont
foin d'acheter ce qu'on veut manger, & d'accommoder les viandes de la maniere qu'on
leur ordonne, pourvû que ce foit fimplement

⋆ Parlement.
† Il n'y a ni foin, ni avoine en Efpagne.

à boüillir ou à rôtir. Les vins d'Arragon font
doux & forts , fur tout le vin rouge ; car le
blanc a moins de force & de douceur. Il n'y
a d'autre divertiffement ici pendant l'Eté que
la promenade. Les Cavaliers & les Dames
fortent féparement de la Ville, vers le foir.
Mais c'eft moins pour prendre le frais que
pour prendre le chaud. L'Hiver on a le plaifir de la Comédie, où l'on dit que les Prêtres
& les Moines vont fans fcrupule. Mr. le Duc
de Jouvenazo tient tous les foirs affemblée
chez lui ; on y raifonne , & on y boit des
liqueurs ou du Chocolat. Les gens de la
premiere qualité s'y trouvent prefque toûjours. Ils font honnêtes & affables au dernier
point. Ils m'ont donné des marques fenfibles
d'amitié , & la plus grande eft de m'avoir
régalé dans leur maifon ; c'eft ce qui me fait
voir qu'ils ne font pas fi farouches qu'on
me les avoit dépeints. J'avoüe qu'en public
les fouris ne dérident jamais leur front , &
que la familiarité de la joie ne leur fait rien
rabattre de leur gravité affectée : mais dans
le particulier ce font les plus jolis gens du
monde , c'eft-à-dire les plus enjoüés & les
plus vifs. Les Arragonois font prefque tous
auffi maigres que moi. De-là , Monfieur ,
vous pouvez juger de leur bonne mine. Ils
difent que cela provient de ce qu'ils tranfpi-
rent beaucoup , qu'ils mangent & dorment
peu , qu'ils ont les paffions de l'ame vives

& fortes ; & qu'enfin ils diffipent les efprits
influens par des exercices que les François ne
font pas fi fouvent qu'eux. Leurs vifages font
auffi pâles que le mien. Peut-être ces mêmes
exercices en font-ils la caufe, au moins Ovide
le croit ainfi, *palleat omnis amor, color eft hic
aptus amandi.* Leur taille paffe la médiocre.
Leurs cheveux fon châtein obfcur, & leur tein
eft auffi clair que celui des Bearnois. Tout ce
que je viens de vous dire à leur égard, fe peut
entendre auffi de leurs femmes, dont la mai-
greur ne va pourtant pas fi loin. On ne peut
pas convenir qu'elles foient belles, mais on
ne fçauroit s'empêcher d'avouër qu'elles font
aimables, fi la nature leur a été chiche en
gorge & en front, elle leur a prodigué de
gros yeux étincelans, fi pleins de feu qu'ils
brûlent fans quartier, depuis les pieds jufqu'à la tête, les gens qui s'en s'aprochent.
Elles font très-obligées à *Theuno* femme de
Pithagore, de leur avoir apris que les perfonnes de leur fexe ne font nées que pour
l'agréable métier d'aimer, & d'être aimées.
Cette douce morale s'accorde parfaitement
bien avec leur complexion. Auffi la prati-
quent-elles à merveilles. Car dès le matin
elles courent aux Eglifes, plûtôt pour con-
quérir des cœurs, que le Paradis. Elles n'ont
pas plûtôt dîné qu'elles vont chez leurs a-
mies, qui fe rendent fervice réciproquement
dans leurs galanteries, en favorifant l'entrée

de leurs amans chez les unes & chez les autres, avec bien de la ruse & de l'artifice. Il
s'agit ici de finesse, car la vertu des femmes
consiste ici plus qu'ailleurs à bien cacher son
jeu. Leurs maris sont clairvoians, & pour
peu que l'intrigue soit découverte, elles
courent grand risque de faire le voiage de
l'autre monde, à moins qu'elles ne se sau-
vent dans un Convent. Il n'y a qu'un mois
& demi que je vis poignarder une fille
par son propre frere, dans une Eglise, au
pied de l'Autel, pour avoir entretenu quelque tems un commerce amoureux. Il par-
tit exprès de Madrid pour faire ce bel exploit, dont il fut châtié par deux mois de
prison. On n'a fait ici que dix-huit ou vingt
assassinats de guet à pend depuis que j'y suis;
parce que les nuits sont un peu trop courtes.
Mais on m'a dit qu'il ne se passe guére de
nuit en Hiver, qu'il ne s'en fasse deux ou trois.
Il est vrai que ce sont des gueux & des misérables de deux Paroisses de la Ville, qui s'in-
sultent de cette maniere-là. Ce sont de vieilles inimitiez qui les portent à cette extrémité. Ce désordre provient de ce qu'il faut
de grandes preuves pour condamner un homme à mort. Et de ce que les criminels con-
damnez se prévalent des priviléges du Roiaume pour prolonger l'exécution d'un terme
à l'autre. Ce qui fait qu'à la fin ils en sont
quittes pour les Galéres, d'où ils sortent

enfuite par mille fortes de voies. De forte
que fi quelque forte partie ne preffe les Juges, ils fe fauvent toûjours de la corde. On
ne fçait ce que c'eft que de voler dans les
ruës, & ces meurtres ne fe font jamais dans
cette vûë-là. Je me fuis fouvent retiré feul
de chez le Vice-Roi à onze heures, ou à minuit, fans qu'on m'ait infulté ; il eft vrai que
j'ai ceffé de m'y expofer, fur le confeil que
les gens de qualité me donnérent de marcher toûjours accompagné, de peur que
ces affaffins ne me priffent pour un autre.
Quoiqu'il en foit, il n'y a rien à craindre
pour les gens de quelque diftinction, à moins
qu'ils ne fe trouvent envelopez dans quelque
intrigue amoureufe ; car alors on court rifque d'être poignardé dans les ruës en plein
midi. Il faut donc être fage ou s'abandon-
ner aux courtifanes, pour éviter ce malheur.
Or de ces deux moiens le premier eft le
meilleur, puifqu'il conferve également la
bourfe & la fanté. La nobleffe d'Arragon eft
affez riche ; mais elle le feroit davantage fi
les Païfans de ce Roïaume étoient auffi labo-
rieux que les nôtres. Ces pareffeux fe contentent de faire labourer leurs Terres, fe-
mer, & recueillir leurs grains, par des * Ga-
vachos dont l'Efpagne eft infectée. La populace conjecture que la France eft le plus mau-

_____

* Epitéte qu'ils donnent aux François, & qui
dans le fond ne fignifie rien du tout.

L 5

vais Païs du monde, puifque les François
le quittent pour venir dans le leur. Il eft
vrai que les Laboureurs, les Coupeurs de
bled, les Bucherons, & les gens de tous
Métiers, fans compter les Cochers, les Laquais & les Porteurs d'eau font prefque tous
Bearnois, où Languedochiens, ou Auver-
gnats. On trouve ici quelques Marchands
Bearnois, qui fe font enrichis par le commerce de France, qui, malgré la guerre, fe fait encore affez ouvertement. Si
les Arragonois avoient du fang aux ongles,
& qu'ils vouluffent enrichir leur païs, il leur
feroit facile d'en venir à bout. La Riviére
d'Ebre eft navigable pour des Grands bâteaux plats comme ceux de la Seine, depuis *Tortaza* jufqu'à prés de *Mirandébro*. Cinquante perfonnes qui font décenduës m'ont
affûré qu'il y reftoit en Eté trois pieds d'eau
dans les endroits les moins profonds, & que
d'ailleurs fon courant eft trés-paifible ; tellement que la feule dificulté ne confifte qu'à
faire des chemins le long du rivage, pour
hâler ces bâteaux en la remontant. Les François emmenent ici quantité de Mules & de
Bidets, fur quoi ils gagnent cent pour cent,
tous frais faits. Ces Mules fervent pour tirer
les Caroffes & les * *Galeras*, car celles d'Eftra-
madure font chéres, & ne réüffiffent pas ici ;

---

* Grandes Charetes, qui portent 80. quintaux &
qui font tirées par huit Mules.

comme dans les Païs Méridionaux de l'Espagne. A l'égard des Bidets, on les débite ordinairement mieux dans le Royaume de Valen-
ce, où les Païsans s'en servent à des usages diferens. Les Carosses de ce païs ont, à peu prés,
la figure des Coches de France, & ils vont
d'une si grande lenteur, qu'ils ne feroient
pas le tour de la Ville dans le plus grand
jour de l'Eté. La Mode d'aller en visite
à Cheval est ici comme en Portugal, &
les Gentilshommes & les Officiers de guerre sont habillez à la Françoise; ils trouvent
que l'habit à l'Espagnole est insuportable, à
cause de la *Golilla*, qui est une espece de
Carcan, où le cou se trouve tellement en-
chassé, qu'il est impossible de baisser ou de
tourner la tête. L'habit des Femmes paroît
un peu ridicule aux Etrangers, quoiqu'ils
ne le sont pas dans le fond. Je trouve à
l'heure qu'il est, celui des nôtres cent fois
au dessous; les Espagnoles ne sçauroient cacher aucun défaut de nature. Leur taille,
leur grandeur, & leurs cheveux, paroiss-
fent tels qu'ils sont; car elles ne portent
ni coëffes, ni talons, ni corselets de baleine.
Si les Françoises étoient obligées de prendre cette mode-là, elles ne tromperoient pas
tant de gens, par leurs tours de cheveux,
leurs talons, & leurs fausses hanches. Il
est vrai qu'on pourroit un peu reprocher
aux Espagnoles de montrer à découvert la

L 6

moitié de leurs bras, & de leurs épaules ;
mais en même temps il ne faudroit pas é-
pargner les Françoises, qui affectent d'étaler
deux pièces plus tentatives & plus animées.
Car dés qu'on alléguera que les unes scandalisent par derriére, on aura le même droit
de répondre que les autres scandalisent par
devant. Au reste, si les Femmes sont gê-
nées, elle ont l'agrément d'être fort con-
sidérées. Car dés qu'elles passent dans les
ruës à visage découvert, en Carosse, ou
à pied, on s'arrête pour leur faire une révérence ; à quoi elles répondent par une
inclination de tête, sans plier le genou.
Leurs Ecuiers, qui sont des Vieillards hors
de soupçon, leur donnent la main nuë,
car c'est la mode Espagnole. Ce sont les
seuls qui aient l'avantage de toucher leurs
mains, car quand un Cavalier se trouve
par hazard dans une Eglise auprès du Be-
nitier, & qu'une s'y presente, il trempe son
Chapelet dans l'eau benite, pour lui en
offrir. Il en est de même à la danse, ce
qui n'arrive guére souvent. Car le Cavalier & la Dame ne se tiennent que par
les deux bouts d'un mouchoir. Vous pouvez juger de-là combien le salut du baiser
y paroît choquant. Il faut que je vous
fasse connoître que les Espagnols ne sont
pas si farouches qu'on le publie, en vous
donnant en même temps un petit détail
de leurs repas. Un Gentilhomme que je

voïois très-souvent chez le Viceroi, & dans les Académies, m'aïant honoré d'une visite, je répondis à son honnêteté de la même maniére. Il me reçût au haut de l'escalier, & m'aïant conduit dans une Salle où nous nous entretînmes une demi-heure, je lui demandai comment se portoit son Epouse, mais il me répondit qu'il la croyoit en assez bonne santé pour nous recevoir dans sa Chambre. Aprés cela voiant paroître le Chocolat & les biscuits, ce Gentilhomme se leva pour m'introduire dans la Chambre de sa Femme, qui s'étant tenuë debout pour recevoir nos révérences, s'assit sur son *Sofa*, pendant qu'on nous donnoit des chaises. Je lui dis que j'étois fort obligé à son Mari de m'avoir procuré l'honneur de la saluër; elle me répondit qu'il me regardoit comme Espagnol, & comme Ami; ensuite aiant pris le Chocolat, elle me demanda si je le trouvois bon, & si les Dames de France n'en prenoient pas. La conversation ne dura qu'un demi quart d'heure, car comme je craignois de pécher contre les formalitez Espagnoles, je me levai, je la saluai, & je sortis de la Chambre avec son Mari, qui me pria de dîner avec lui. Nous nous promenâmes pendant ce tems-là dans son Jardin, & aprés avoir fait mener ses chevaux devant moi, nous remontâmes dans une Sale où le couvert étoit mis. Un moment après la Dame parut, entra, & après avoir salué à sa maniere, elle prit sa place d'un côté de la * Table, & nous de l'autre. On servit d'abord des Melons, des Raisins, des Pavies, & des Figues; ensuite on nous donna chacun nos *pitamt* à la maniere des Moines, consistant en ce qui suit; des cotelettes rôties dans le premier plat; une perdrix & un pigeon aussi rôtis dans le second, un lapreau en pâte dans le troisiéme, une fricassée de poulets dans le quatriéme, des † Oronges environnées de petites Truites longues comme le doigt, dans le cinquiéme; & une Tourte d'abricots dans le sixiéme. Après-quoi l'on porta des boüillons jaunes comme le safran, dont ils étcient remplis. Voilà, Monsieur, en quoi consistoit la portion de chacun de nous. Cependant nôtre conversation ne roula que sur les Françoises. La Dame prétendoit que la grande liberté que les hommes ont en France, d'entrer chez les Femmes, de joüer, & de se promener avec elles, exposoit les plus sages & vertueuses à être deshonorées par des indiscrets, & des médisans; qui pour se faire valoir gens à bonne fortune, diffament celles

---

* Table séparée par dessous avec des planches, afin que les pieds des Conviez ne se touchent pas.

† L'espece des champignons rouges dessus & jaunes dessous.

qui leur réfiſtent. Enfin, après avoir bien
déclamé contre les Maris, qui digérent paiſi-
blement ces affronts, au lieu de ſe venger,
nous ſortîmes de Table. Elle fit ſon ſalut
ordinaire, en ſe retirant dans ſa chambre.
Cependant je fis auſſi ma retraite. Le Gentilhomme marcha toûjours devant moi, juſqu'à l'eſcalier, où il s'arrêta du côté gauche,
afin de me laiſſer la main, en lui diſant adieu.
Il attendit que je fuſſe au pied de l'eſcalier
pour recevoir un coup de chapeau ; enſuite
nous nous perdîmes de vûë l'un & l'autre.
Je vous raconte cette avanture pour vous
faire connoître la maniere dont les Eſpagnols en uſent envers leurs Amis. Si cent
Gentilshommes m'avoient régalé, il n'y auroit aucune diférence de ce que je vous ai
dit, ſi ce n'eſt, peut-être, en la bonne chere. Car pour la cérémonie, c'eſt toûjours
la même choſe chez les uns, comme chez
les autres. Ainſi, par cette Deſcription vous
ſçavez tout ce qui ſe pratique en Eſpagne,
en pareille occaſion. Je croi vous avoir dit
que les Eſpagnoles nous traitent d'indiſcrets;
elles n'ont, peut-être, pas tout le tort. Car
toutes les Femmes de l'Europe tiennent le
même langage. Voici quelques vers Eſpagnols qu'un fou de Poëte a faits ſur cette
matiere, il y a cinquante ans.

Los discretos Espagnoles.
Los maridos Zelozos ;
Hazen en Collados Gozos
Orejas de Caracoles.
No son tales los Francezes ,
Tanto no pueden cubrir ,
Antes mas quieren mil vezes ,
No hazer , que no dezir.

Cela veut dire en bonne prose ; que *les discrets Espagnols aident aux Femmes à coëfer leurs Maris , par des embraßemens secrets. Que les François au contraire ne peuvent rien cacher , car ils aiment mille fois mieux ne pas faire le coup, que de ne pas le dire.* Voilà , Monsieur , à peu près , le raisonnement de ce Huron , qui prétend que nous faisons gloire de païer les faveurs des Dames avec une ingratitude qui ternit leur réputation de fond en comble. Cet avis peut leur aprendre à ne se pas fier à des évaporez. Une Femme d'esprit ne sera jamais embarrassée à connoître le Caractere d'un homme , lorsqu'elle voudra s'en donner la peine. Les jeunes gens sont foux , cependant les Dames les préférent aux gens sages , parce que la Sagesse ne leur vient qu'à l'âge où la nature commence à filer doux. La Langue indiscrette des jeunes Cavaliers fait un tort considérable à leurs Maîtresses ; mais les Femmes de chambre & les

Confidentes n'en font pas moins. Les Femmes fe perdent fouvent elles-mêmes pour ne pas prendre affez de précaution envers leurs Domeftiques. J'apelle une femme fage celle qui fçait bien cacher fes folies. C'eft un des premiers talens des Efpagnoles. Lefquelles font en cela beaucoup de grace à leurs Maris , car enfin le coup ne fait que le cocu , au lieu que le bruit fait les Cornes. Sur ce beau mot , je finis ma lettre , en vous priant de m'écrire à *Bilbao* , où je dois aller au premier jour. Delà je côtoierai par terre ou par mer , les côtes maritimes jufqu'en Portugal , afin de connoître les Ports & les Havres dont on m'a parlé tant de fois. Cette découverte me fera plus de plaifir que fi je voiois les plus belles Villes du monde. Cela vous fait voir qu'il ne faut pas difputer des goûts ,.

Je fuis, Monfieur, vôtre , &c.

A SARAGOZA , le 8. Octobre 1695.

I

www.ingramcontent.com/pod-product-compliance
Lightning Source LLC
Chambersburg PA
CBHW070507030726
47503CB00004B/1194